双葉文庫

はぐれ長屋の用心棒

袖返し

鳥羽亮

目次

この作品は双葉文庫のために書き下ろされました。

袖返し　はぐれ長屋の用心棒

第一章　袖返しのお吟《ぎん》

1

西日が六間堀《ろっけんぼり》の水面を淡い鴇色《ときいろ》に染めていた。土手の夏草が、川風にそよいでいる。心地好い夕暮れどきだった。堀沿いの家並のむこうには、いくつもの鯉のぼり、吹流し、鍾馗幟《しょうきのぼり》などが風にたなびいている。

五月（旧暦）六日、端午の節句の翌日である。華町源九郎《はなまちげんくろう》は、ほろよいかげんで六間堀沿いの道を歩いていた。

ちかくの路地から子供たちの歓声と足音、何かで地面をたたくような音が聞こえてきた。男児《おとこのこ》たちが、菖蒲刀《しょうぶがたな》を持って合戦の真似ごとでもしているのか、それとも菖蒲《しょうぶ》打《う》ちでもしているのか。

端午の節句は、菖蒲の節句とも呼ばれていた。菖蒲は古くから邪気を祓《はら》うものとされ、この節句に軒下に飾ったり、菖蒲湯をわかしたりする。さらに、菖蒲は尚武に通じるといわれ、端午の節句に男児たちは菖蒲刀で合戦の真似ごとなどをして遊ぶのである。なお、菖蒲打ちというのは、菖蒲を編んだ物で地面をたたき、音の大きさを競う子供の遊びである。

子供たちの声に、源九郎はいま会ってきたばかりの孫の新太郎のことを思い浮かべた。……だいぶ、男の子らしくなってきた。

歩きながら、源九郎の顔がほころんだ。

源九郎は五十五歳。五十石の貧乏御家人だったが、倅の俊之介《しゅんのすけ》が嫁をもらったのを機に家督をゆずって家を出た。三年前に、長年連れ添った妻が亡くなって独り身になったことと、若夫婦に気がねしながら暮らすのが嫌で、気楽な長屋暮らしを始めたのである。

嫁の名は君枝《きみえ》。俊之介と君枝の間に生まれたのが、初孫の新太郎だった。

源九郎は節句のことは知っていたが、いまさら年寄りが顔を出すこともなかろう、と思い、そのままにしていたら、昨夕、君枝が長屋に顔を見せ、

「お義父《とう》さま、新太郎の節句のお祝いですから、ぜひ、おいでくださいまし」

と言って招待され、今日、深川六間堀町にある俊之介の家へ出かけたのである。

源九郎は、武者人形や菖蒲太刀を飾った座敷で、粽《ちまき》を馳走になり、ひさしぶりに俊之介と酒を酌み交わした。

その座敷で、三歳になった新太郎が、短い棒に手綱をつけた馬の玩具にまたがり、菖蒲太刀を振って見せたのである。新太郎は丸々と太り、三歳にしては大柄で足腰もしっかりしていた。

……あやつ、剣の資質があるかもしれぬぞ。

そんなことを思いながら、源九郎はほくそ笑んでいた。

いま、源九郎は馳走になった俊之介の家から、本所相生町《ほんじよあいおいちよう》一丁目にある自分の長屋へ帰る途中だった。

源九郎は丸顔ですこし垂れ目、茫洋とした面貌《おもて》をしている。その目尻がさらに垂れ、唇の間から歯が覗いている。通りすがりの者が、その顔を見たら気でもちがったかと思うかもしれない。

ふと、源九郎の顔から笑みが消えた。

前方の堀端で、甲高い女の声が聞こえたのだ。見ると、女がふたりの男に挟まれ、着物の袖をつかまれている。袖をつかんでいるのが中間ふうの男で、女の前にいるのが二刀を帯びた武士だった。主従かもしれない。女は縞の着物に茶の帯、黒下駄を履き、島田髷《しまだまげ》に挿した赤い簪《かんざし》が見えた。町娘のようである。ふたりの男にいいがかりをつけられ、逃れようとしているように見えた。

源九郎は駆けだした。事情は分からぬが、男がふたりがかりで、嫌がる女を押さえつけようとしているのだ。見逃すことはできなかった。

「待て、待て」

源九郎は三人のそばに駆け寄った。

武士と中間は、源九郎の姿を見て女から手を離したが、その場を動かなかった。睨みつけるように源九郎を見ている。

源九郎は納戸《なんど》色の単衣《ひとえ》に黒袴、腰には二刀を帯びていた。一応武士に見えるはずである。ただ、着物も袴も色褪せてよれよれ、鬢《びん》や髷《まげ》にはだいぶ白いものが目立つ。華町という名に反して、ひどくうらぶれていた。

武士は三十半ば、羽織袴姿だが、粗末な拵《こしら》えである。微禄の御家人か旗本の家士といったところか。

女は色白の年増《としま》だった。島田髷で鉄漿《かね》をつけていないところを見ると、独り身のようである。

「手出し無用。これには、いささかわけがござる」

武士が苛立ったような口調で言った。

「いかなる事情かは知らぬが、往来で娘ごをいたぶるなど、武士のすることではないと存ずるが」

源九郎はやわらかな口調で言った。

「おてまえとは、何のかかわりもない。われらは、この女に訊き質《ただ》したいことがあるだけだ。早々に立ち去れ」

もの言いが権高《けんだか》になった。

「そうはいかぬ。娘ごは、嫌がっているではないか」

「素牢人、去《い》ね」

急に武士が声を荒立て、腰の刀に手をかけた。源九郎のうらぶれた格好を見て、侮《あなど》ったのかもしれない。声に恫喝するようなひびきがあった。

「そこもとたちこそ、立ち去られよ」

源九郎は平然として言った。

「な、なに！」

武士が刀に手をかけた。源九郎に愚弄されたとでも思ったのか、顔が憤怒に赤く染まっている。

「往来で、やたらに抜くな。ひっこみがつかなくなるぞ」

「おのれ！　言わせておけば、いい気になりおって」

声を上げ、武士が抜刀した。目がつり上がり、肩先が顫《ふる》えている。中間が顔をこわばらせて女の後ろにまわり、手をつかんで押さえようとした。

「怪我をしても、しらんぞ」

言いざま、源九郎が、スッと武士の方に身を寄せた。みすぼらしい外見に反して、鋭い寄り身だった。

武士はビクッとしたように腰を引き、慌てて刀を振り上げたが、源九郎の寄り身は迅《はや》く、すでに武士のふところに入っていた。

源九郎の手が武士の刀の柄にのびた、と見えた次の瞬間、武士の刀が弧をえがいた。アッ、という声が武士の口からもれ、刀は源九郎の手に握られていた。源九郎が柄を両手でつかんで、ひねり取ったのだ。

歳はとっていたが、源九郎は鏡新明智流《きようしんめいち》の遣い手であった。

このころ（天保年間）、鏡新明智流の道場は南八丁堀の蜊河岸《あさりがし》にあった。道場名は士学館《しがくかん》、道場主は桃井春蔵《もものいしゅんぞう》。千葉周作の玄武館《げんぶかん》、斎藤弥九郎の練兵館《れんぺいかん》とともに江戸三大道場と謳われた名門である。

その士学館に、源九郎は少年のころ入門し、めきめき頭角をあらわして俊英と呼ばれるほどの遣い手になったのだが、父が病で倒れて家督をつぎ、御徒衆《おかちしゅう》として出仕することになり道場をやめたのである。その後、幾星霜が過ぎ、いまは貧乏長屋のひとり暮らしだった。

「う、うぬは、何者！」

源九郎のあざやかな手並に、武士は驚愕に目を剝いて誰何《すいか》した。

「華町源九郎、はぐれ牢人じゃよ」

源九郎は、手にした刀を武士の方に差し出した。すでに、武士は戦意を失っており、仕掛けてくることはないとみたのである。

武士は顫えながら刀を受け取って鞘に納めると、

「華町、このままにはしておかぬぞ」

と言い捨て、きびすを返して駆けだした。中間も慌てて武士の後を追った。

そのとき、すこし離れた場所でことの成り行きを見ていた女が、

「やっぱり、華町の旦那だ」

と、声を上げて駆け寄ってきた。

2

「あたしよ、お吟《ぎん》」

女は嬉しそうな顔をして、源九郎を見上げた。すこし蓮《はす》っ葉《ぱ》な感じがするが、ほっそりした色白の美人である。かすかに脂粉の匂いがし、髷に挿した赤い玉《たま》簪《かんざし》がよく似合っていた。

「お吟……」

どこかで見たような顔だったが、源九郎は思い出せなかった。

「袖返しのお吟よ」

お吟が、急に声を低くして言った。

「あの、お吟か」

思い出した。女掏摸《すり》のお吟である。

お吟は狙い定めた男の背後から近付いて、左肩で軽く相手に突き当たる。驚いた相手が足をとめ、お吟の方に体をむけた瞬間、口元に左手をやりながら、あら、御免なさい、とか言って、かるく頭を下げるのだ。

そのままお吟は去って行くが、すでにお吟の左のたもとのなかには、相手の懐中から抜き取った財布や巾着《きんちゃく》がおさまっている。

口元に左手をのばしたとき、そのたもとの下に隠れた右手が相手のふところにのびて抜き取るのだ。その際、右手の袖口がすこしめくれるが、抜き取った財布を左のたもとに落として、右手を下げたときには袖口も元にもどっている。端から見ると、右手の袖口のめくれと右腕の白い肌が、一瞬目に映るだけなのだ。まさに神技といっていい迅業《はやわざ》である。この技を袖返しと呼び、掏摸の仲間うちでは袖返しのお吟の名でとおっていた。

源九郎がお吟を知ったのは、五年ほど前のことである。まだ、十五、六の小娘だったが、掏摸の腕は仲間内でもとびぬけたものだった。

そのお吟が、どういうわけか源九郎のふところを狙ったのである。

そのころ、源九郎はまだ御家人で、財布には多少の金も入っていた。それに、源九郎の茫洋とした憎めない顔が、お吟の目にいい鴨と映ったのかもしれない。

源九郎は両国広小路を歩いていた。賑やかな人通りから、人影の少ない大川端の道へ出たとき、背後から近付いてきたお吟の左肩が源九郎の右腕に突き当たった。

「あら、御免なさい」

そう言って、お吟が左手を口元へ運んだときだった。

源九郎が、ふところにのびたお吟の右腕を、ムズとつかんでいた。万力のような強い力だった。

お吟は逃れようと、手を引っ張ったが、びくともしない。

「お侍さま、堪忍して」

お吟は蒼ざめ、身を顫わせた。このまま巾着切《きんちゃくきり》として捕らえられれば、小伝馬町《こでんまちょう》の女牢に入れられ、敲《たたき》か江戸払い、余罪が露見すれば死罪ということもある。お吟のような娘にとっては、入牢だけでも地獄であろう。

源九郎は、お吟の手をつかんだまま川端の柳の樹陰へ連れていった。通行人に見られたくなかったのだ。

「娘、かわいそうだが、このまま放免するわけにはいかぬな」

源九郎は、うら若い娘を町方に渡すのもかわいそうな気がしたが、そうかといって、このまま放せば、また通行人のふところを狙うだろう。

源九郎が逡巡していると、

「お武家さま」

と、背後で声がした。

振り返ると、五十がらみの小柄な男が立っていた。半纏《はんてん》に黒股引、職人のような身装《なり》だが、手ぶらだった。

「あっしは、栄吉《えいきち》ともうしやす。その娘《こ》の親でして」

栄吉は、ひょいと頭を下げた。顔がこわばり、目に何かを決意したような強いひかりが宿っている。

「この娘の父親か」

「へい、娘の名はお吟ともうしやす。そいつが馬鹿をやりましたのは、あっしのせいなんで。あっしが、つまらねえことに手を染めたばっかりに、こんなことに」

栄吉が、小声でぼそぼそと話しだした。

その話によると、栄吉は中抜《なかぬき》の栄吉と呼ばれる掏摸の親分だという。後で分かったことだが、中抜とは財布から中身だけを抜いて、相手が気付かぬうちに財布をふところにもどす入神《にゅうしん》の技《わざ》だそうだ。

お吟は、子供のころからそんな父親を見て育ち、十二、三歳になると、親がとめるのも聞かず、若い掏摸仲間と仕事をするようになったという。

「お吟だけは、まっとうに暮らしてもらいてえと思ってやしたが、このざまでして。……ですが、お吟はまだ十六のがきなんで。このまま地獄へやるのは、あまりに不憫だ。どうでしょう、あっしを娘の代わりに番屋に突き出しちゃァもらえませんか」

栄吉は、訴えるような目で源九郎を見つめた。虚言やはったりではないようだった。

「いや、おれは町方ではないからな。この娘が手を洗うというなら、何もなかったことにするが」

源九郎も、財布を掏《す》られたわけではないし、できれば町方に渡すような面倒なことはしたくなかったのである。

「お武家さま、あっしら親子の指を賭けてお誓いいたしやす。こいつが、馬鹿な真似をしやしたら、あっしのと娘の指をいっしょにしてお武家さまにお届けいたしやす」

栄吉はしぼり出すような声でそう言うと、深々と頭を下げ、利き腕らしい右手をひらいて源九郎の前にかざした。虚言ではないようである。そうやって、源九郎に誓うとともに、娘をさとしたい気持も強いようだった。

掏摸にとって、利き腕の指は命だった。約束を破れば、その指を父娘《おやこ》いっしょに切るというのだ。

「お、おとっつァん、そんな……」

お吟は細い腕で自分の体を抱くようにして顫《ふる》えていた。そうやって、衝《つ》き上げてきた嗚咽《おえつ》に耐えているようであった。

「分かった。この娘のことは、おまえにまかせよう」

そう言うと、源九郎はお吟の手を離し、きびすを返して何事もなかったように歩きだした。

それから五年、いま粋《いき》な年増になったお吟が源九郎の前に立っていた。

「まさか、お吟、さっきの武士の……」

源九郎の脳裏に、さっきの武士のふところを狙ったのでは、という思いがよぎったのである。

「あたしが、お侍のふところから財布を抜いたと思ったんでしょう」

お吟は、源九郎の胸の内を察知したらしく、そう言った。

「い、いや、そういうわけでは」

「見て、この手を」

お吟は、利き腕の右手を源九郎の鼻先へ突き出した。手首のところに赤い糸が巻き付けてあった。

「おとっつァんが巻いたんだ。あたしが、他人のふところを狙ったらこの手の指を切るから、この糸を見て思い出せって」

「そうか……」

どうやら、栄吉とお吟は源九郎との約束を守っているようである。

「それに、この指じゃァ、袖返しはできないよ」

お吟は指先を近付けながら言った。白く細い指だが、すこし肌が荒れている。指先にはちいさな傷もあるようだ。

「まァ、そうだな」

掏摸は指先が命である。しなやかな指先でなければならないが、お吟の指は荒れていた。

「水仕事をしてるからね。……あれから、おとっつァんとふたりで、ちいさな料理屋をやってるんだよ」

五年の間に小娘から粋な年増に変身していたが、蓮っ葉な物言いは昔とあまり変わらなかった。

「そうだったのか」

「今川町の、『浜乃屋《はまのや》』。……そうだ、旦那、これからいっしょに来てよ。助けてもらったお礼をしなくちゃァ」

そう言うと、お吟は源九郎の手をつかんで、歩きだした。

「お、おい、おれは銭が……」

源九郎は顔を赭黒《あかぐろ》く染めて、口ごもった。ふところの財布にはわずかにビタ銭があるだけで、小料理屋などで飲む金はないのだ。

源九郎の苦しい胸の内を知ってか知らずか、お吟は通りが夕闇につつまれたのをいいことに、源九郎の手をとったままずんずん歩いていく。

……まァ、いいか。

金の代わりに、しばらく大小をあずかってもらおう、そう源九郎は肚《はら》を決めた。

3

道々、お吟に、さっきふたりの男ともめていた経緯を訊くと、通りすがりにいきなり名を問われ、お吟と答えると、一昨日《おととい》の夜、掏り取った物を返せ、と言われたという。

「あたし、何のことか分かりゃァしない。それで、そのまま行こうとすると、いっしょに来い、と言って、あたしを連れて行こうとしたんだよ」

お吟は、腹立たしそうに言った。

「だれかと、間違えたのかもしれんな」

そう言ったが、源九郎はすこしひっかかるものがあった。お吟が掏摸だったことと、何かかかわりがあるのではないかと思ったのである。

そんな話をしているうちに、深川今川町に着いた。辺りは、すっかり暮色につつまれている。浜乃屋は、大川端から少し入った路地にあった。門などない小体《こてい》な店で、戸口に暖簾が出され、脇に屋号の記された掛行灯《かけあんどん》がともっていた。

店には、先客がいた。土間の先がすぐ座敷になっていて、間仕切りの衝立《ついたて》が置いてあった。客を上げる座敷はそこだけのようだ。衝立のむこうで、職人らしい男がふたり飲んでいた。

お吟は店に入るとすぐ、板場の方へ駆け込み、おとっつァん、めずらしいひとを連れてきたから、と声をかけた。

「これは、華町の旦那」

栄吉が前かけで、濡れた手を拭きながら出てきた。顔がほころんでいる。だいぶ鬢《びん》に白いものが目立つようになったが、元気そうである。襷《たすき》で両袖をしぼり手ぬぐいを肩にかけた姿は、年季の入った板前のように見えた。

栄吉は源九郎を奥の座敷に上がらせると、

「今夜は店じまいしやすんで、ゆっくりやっておくんなせえ」

と言って、お吟に暖簾をしまわせた。

しばらく、源九郎はお吟のお相伴で飲んでいたが、店にいたふたりの客が帰ると、栄吉も姿を見せた。

「また、お吟が旦那に助けられたようで」

栄吉は頭を下げながら、しきりに礼を言った。お吟から、ここへ源九郎を連れてきた経緯を聞いたらしい。

「なに、案ずることはない。人違いのようだ」

源九郎が、すこし赤くなった顔で言った。

「へい、あっしら親子は、旦那にお約束したとおり、すっかり足を洗っておりやすんで」

栄吉によると、大川端で源九郎にお吟が取り押さえられてから、きっぱりと掏摸の足を洗ったという。そして、手持ちの金でつぶれた小料理屋を買い、この地に移築して浜乃屋をひらいたのだそうだ。

「ここへ越してきた当時は、女房とあっしと娘の三人でやってやしたが、一昨年女房が病で死に、いまは娘とふたりっきりでさァ」

栄吉はしんみりした口調で言った。

お吟が、酒を取りに板場の方へいったとき、

「ところで、お吟は、まだひとりなのか」

と、源九郎が小声で訊いた。すでに二十歳を過ぎているはずだった。もう、何人か子供がいてもおかしくない歳である。

「へい、早くいい男を見つけて嫁にいけ、と口をすっぱくして言ってるんですが、なかなかその気にならねえようなんで」

栄吉は困惑したような顔をした。父親にしてみれば、お吟がこの店からいなくなれば寂しいだろうし、かといって嫁にもいかず、いつまでもここに居つづけられても困る。複雑な心境なのであろう。

そこへ、お吟が銚子《ちょうし》を持ってもどり、源九郎の猪口《ちょく》に酒を注ぎながら、

「いま、旦那はどこに住んでるんです」

と、訊いた。

「倅に家をゆずってな、相生町の伝兵衛《でんべえ》長屋にひとりで住んでおる」

「ご新造さんは」

「三年前に亡くなってな、いまは、ひとりで牢人暮らしだ」

「そう……。旦那もいろいろあったんだね」

「いや、ひとり暮らしも呑気でいいもんだ」

「相生町なら、それほど遠くないし、また、きっと来てくださいよ」

そう言って、お吟はちょっと膝をくずし、上目遣いに源九郎を見た。黒眸《くろめ》が行灯のひかりを映し、唇が赤く濡れていた。酒のせいか、首筋や胸元の白い肌が朱を掃いたように染まっている。ゾクッ、とするような色気があった。

「そ、そうだな。また、来よう」

柄にもなく、源九郎は口ごもってさらに顔を赤くした。

その夜、源九郎が浜乃屋を出たのは、四ッ（午後十時）過ぎだった。助けてもらった礼だといって、金は取らなかった。

お蔭で、源九郎は二刀を差したまま浜乃屋を出ることができた。

風があった。生暖かい風で、上空の黒雲が飛ぶように流れている。天気がくずれるのかもしれない。

源九郎は、めずらしく酔っていた。なんとか長屋にたどり着くと、刀だけ腰から抜き、座敷にへたり込むように横になってそのまま寝てしまった。

翌朝は雨だった。源九郎は夢うつつで雨音を聞いていたが、雨戸をたたく音ではっきりと目を覚ました。

「おい、華町、入るぞ」

長屋に住む菅井紋太夫《すがいもんだゆう》の声である。

「勝手に、入ってこい」

源九郎は、身を起こして大きく伸びをした。何時ごろであろうか。すこし酔いが残っていたが、腹がすいているので、もう四ツ（午前十時）は過ぎているのかもしれない。

4

「酒臭いなァ」

菅井が顔をしかめて土間に入ってきた。総髪が肩まで伸び、痩せた般若《はんにゃ》のような顔にも垂れていた。雨模様で辺りが暗いせいか、ひどく陰気な顔に見える。おまけに顔をしかめているので、貧乏神でも戸口につっ立っているようである。何が入っているのか、左手に風呂敷包みをぶら下げていた。

「何の用だ」

源九郎は立ち上がって、土間の方へむかった。まず、水を一杯喉に流し込みたかったのである。

「雨が降れば、これだよ」

菅井は右の小脇にかかえた将棋盤と駒の入った小箱を、前に突き出して見せた。菅井は将棋好きだった。下手な横好きというやつである。

菅井は四十八歳。この男も独り身だった。ふだんは、両国広小路で居合抜《いあいぬ》きを見せて暮らしているのだが、風雨のため大道に立てないときは、源九郎の許にやってくることが多い。むろん、目的は将棋である。

「だめだ、腹が減って、将棋などさす気にはなれん」

源九郎は土間の隅の流し場に立って柄杓《ひしゃく》の水を飲み干し、一息ついたところで言った。

「そのへんのことはお見通しだ。腹が減っては戦はできん。朝餉《あさげ》ぬきでは、将棋もさせん。そうだろう。……残った飯を持ってきてやった」

そう言うと、菅井は左手にぶら下げていた風呂敷包みを上がり框《がまち》に置いた。なんと、飯櫃《めしびつ》である。なかを覗くと、ぶかっこうな握りめしが三つ入っていた。朝餉の残りを握ったらしい。

「ありがたい」

源九郎は丼に水を汲み、にぎりめしを水といっしょに流し込んだ。

「さァ、やるぞ」

菅井は座敷に胡座《あぐら》をかいて、将棋盤に駒を並べだした。

「いいだろう」

源九郎の生業《なりわい》はお定まりの傘張り、雨天でも仕事にさしさわりはないが、握りめしを馳走になった手前、相手をしないわけにはいかない。

源九郎も菅井の前に座って、駒を並べだした。だが、なかなか将棋に身が入らない。おきぬけで頭がぼんやりしているうえに、昨夜五年ぶりにあったお吟のことが脳裏をよぎるのだ。

……女は変わるものだな。

娘というより、熟れた女の色香があった。

そのお吟の手の温もりや源九郎を見つめた色っぽい目などが、ちらちら思い出されて勝負に集中できないのだ。

「おい、なにをニヤニヤしておる」

将棋盤を睨みながら、菅井が言った。

「いや、なに、昨夜《ゆうべ》、飲み過ぎてな……」

言葉を濁して、源九郎は将棋盤に目をすえた。

何手かさすと、菅井が、おまえらしくない、とつぶやき、

「この桂馬《うま》な、うまくない手だ」

と、言い添えた。洒落を言った意識はないらしく、菅井は深刻そうな顔をくずさなかった。

「うむ……」

菅井の言うとおりである。飛車取りになっているが、菅井の角筋で、桂馬をただでくれてやるようなものだった。

「桂馬《うま》など、くれてやる。さっきの兵糧米の礼だ」

そうは言ったが、形勢は不利だった。めずらしく、菅井に攻めたてられている。

そのとき、ひらいたままの雨戸のむこうで、ピシャピシャとぬかるみを歩く下

駄の音がした。傘に当たる雨音がやみ、つづいて戸口のところで下駄の歯をたたく音がした。また、だれか暇人がやってきたらしい。

「旦那方、やってますね」

あらわれたのは研師《とぎし》の茂次《しげじ》だった。

茂次は二十六歳。この男もまだ女房がいない。子供のころ刀槍の研屋《とぎや》に弟子入りしたのだが、師匠と喧嘩して飛び出し、いまは路地をまわって包丁、鋏《はさみ》などを研《と》いで暮らしをたてていた。茂次も雨が降ると、仕事にならない。暇をもてあまして、将棋を覗きにきたようだ。

この長屋は、こうした男が多い。界隈では伝兵衛長屋ではなく、はぐれ長屋でとおっていた。食いつめ牢人、親方から追い出された職人、その日暮らしの日傭《ひよう》取《と》り、大道芸人など、はぐれ者の吹き溜まりのような長屋なのである。

茂次は勝手に上がり込んで、源九郎の脇にあった飯櫃を覗き、まだひとつにぎりめしが残っているのを目にすると、

「ごっそうになりやす」

と言って、ムシャムシャやりながら、ふたりの勝負を覗き込んだ。

「うむ……。詰んだようだな」

源九郎が渋い顔で言った。あと三手で、詰みである。

「そうだな」

菅井が、ニンマリとした。唇から歯が覗き、面長の顔がさらに伸びて、くびれのない瓢簞《ひょうたん》のようになっている。

通常なら源九郎は菅井に対し、四、五局に一度負けるぐらいの腕だった。それを、最初の一局から負かしたのだから、菅井にすれば、してやったりであろう。

「では、もう一局」

菅井はご満悦で、駒を並べ始めた。

「よし、今度は負けぬぞ」

源九郎が本気になって、駒を並べ始めたときだった。

「旦那、だれかきやしたぜ」

と、茂次が表の方に首をひねって言った。

どうせ、また暇人が将棋を覗きにきたのであろう、と思い、かまわず駒を並べていると、

「侍だ、それもふたり」

茂次の声に、警戒するようなひびきがくわわった。

見ると、戸口の敷居のむこうに武士体《てい》の男がふたり立っている。

……あやつ、昨日の男ではないか。

ひとりは、お吟にからんでいた武士だった。もう、ひとりは初老の男で、こちらもどこかで見たような気がする。

仕返しにでも来たか、と思ったが、そうではないようだった。殺気だった雰囲気がない。

ふたりとも、座敷に三人もいるので、入るのを戸惑っているようだったが、初老の男が傘をつぼめ、戸口から首を伸ばして覗き込み、

「華町、わしだ、石川孫四郎《いしかわまごしろう》だ」

と、声をかけた。

「石川……」

思い出した。士学館に通っていたとき同門だった男である。ずいぶん老けた感じがするが、無理もない。十年ちかくも、顔を合わせていなかったのだ。

源九郎が戸口へ出ると、石川が、

「おぬしに、おりいって相談がある」

と、小声で言った。同行してきた昨日の武士は、面目なさそうに首をすくめて

いる。

源九郎はふたりの武士をなかに入れ、菅井と茂次に引き取ってもらった。

5

対座すると、昨日の武士が、

「拙者、岩倉俊蔵《いわくらとしぞう》。昨日は、ご無礼つかまつった」

と、きまり悪そうな顔で頭を下げた。

「まず、わしから事情を話そう」

石川が切り出した。

現在、石川は奥田兵部之介《おくだひょうぶのすけ》という千石の旗本の用人をしているという。岩倉は若党とのことだった。

奥田は四日前の夜、柳橋の『百嘉《ももよし》』という料理茶屋で遊び、下谷の屋敷へ帰る途中、神田川沿いの道で若い女と突き当たり、ふところに入れておいた紙入れを掏られたという。

「なかに大事な書状がござってな。何としても、取り返さねばならぬのだ」

奥田は御目付の要職にあるが、書状を失えばその立場を危うくするという。

「何の書状だ」

源九郎が訊いた。

「そ、それは、言えぬ。密書でござって……」

石川は困惑したように口ごもった。

「そうか。……ところで、奥田さまはひとりで帰られたのか」

大身の旗本が、駕籠《かご》を使わず供連れもなく、ひとりで帰路についたというのが腑に落ちなかった。

「密談ゆえ、供は先に帰したようでござる。それに、陽気のよい宵だったため、川風に当たりながら帰るのもおつだと思われたとか」

脇から岩倉が口をはさんだ。

「さようか」

それにしても大事な書状をふところに入れ、夜中、供も連れずに歩いて帰るというのは、あまりに不用心である。源九郎は何かほかに事情があったのだろうと思ったが、それ以上は訊かなかった。

「われらは何とか書状を取り返したいと、方々当たったのでござるが、なかなか女掏摸の正体がつかめなかった。そのような折、殿と懇意にしている町奉行の与力が、そういうことは岡っ引きに訊くのが一番早いともうされ、浅草茅町《かやちょう》に住む与助《よすけ》という男と会わせてくれたのでござる」

石川によると、与助は掏摸の手口と人相から、ちかごろ女掏摸は見かけねえが、お吟かもしれねえ、と言って、深川、本所界隈を探ってみたらいい、と教えてくれたという。

「そういうわけで、奥田家の家臣が手分けして当たり、この岩倉がたまたま通りかかった女を目にとめ、名を訊くと、お吟と名乗ったので、この女にちがいないと思い込んだわけでござる」

「そういうことか」

事情は呑み込めた。おそらく、石川が岩倉から昨夜の顚末《てんまつ》を聞き、源九郎の名を知ったのだろう。そして、六間堀町の華町家へ立ち寄り、この長屋に住んでいることを聞いて訪ねてきたにちがいない。

「ところで、お吟という女、おぬしの知り合いか」

石川が、探るような目を源九郎にむけて訊いた。

「知り合いだが、お吟は掏摸ではないぞ。わしが保証しよう。それにな、岩倉氏、女の手を見れば、すぐに掏摸ではないと合点したはずだぞ。水仕事で荒れた手をしておる。あれでは、他人のふところから掏り取るのは無理だ」

話がややっこしくなるので、お吟が五年前まで女掏摸だったことは伏せておいた。

「拙者の思いちがいでござったか」

岩倉は、荒れた手の話で得心したようだった。

「いや、わしも人違いだろうとは思っていた。ひろい江戸で、そううまく顔を合わせるわけがないからな」

そう言うと、石川は源九郎の方ににじり寄り、

「実は、折り入っておぬしに頼みがあってな」

と、声をあらためて言った。

「頼みとは」

「華町、わしたちに手を貸してくれぬか」

「手を貸すって、なにをすればいいのだ」

「女掏摸を見つけだし、書状をとりもどしてもらいたい」

「なぜ、わしに」

石川とは同門であった。剣の腕のほどは知っているだろうが、女掏摸を見つけ

だすのに剣など役に立たないことは分かるはずだ。

「おぬしが、久瀬《くぜ》家の騒動をおさめたことを耳にしてな。おぬしなら、書状をとりもどしてくれると思ったのだ」

石川の声が、強くなった。どうやら、初めからそのつもりで、ここに来たらしい。

「……」

確かに、大身の旗本の世継ぎにかかわる騒動を、密かに始末したことがあった。だが、書状をとりもどすといっても容易ではない。掏り取った相手も分からないのだ。

「むろん、ただというわけではない。……手付けの金子《きんす》を用意した」

石川はふところから袱紗《ふくさ》包みを取り出して、源九郎の膝先に押し出した。ひらくと、十両あった。大金である。源九郎は、ゴクリと唾を飲み込んだ。

「書状をとりもどしてくれたら、もう二十両、用意するつもりだが」

石川が、源九郎の心底を探るような目をした。

「うむ、む」

源九郎は腕を組み、唸り声をもらした。顔が赭黒く染まってきた。

あまり金に頓着しない性格なのだが、ふところは空だったし、米櫃《こめびつ》も空だった。それに、源九郎の脳裏に、この金があればいつでも浜乃屋に飲みにいける、との思いがよぎったのである。

「分かった。同門のよしみだ。助勢いたそう」

意を決したように源九郎は太い腕をのばし、袱紗ごとつかんだ。

「かたじけない」

石川はほっとしたような表情を浮かべたが、すぐに顔をひきしめた。はたして、源九郎がとりもどしてくれるのか、いまひとつ信頼できなかったのかもしれない。

それから小半刻（三十分）ほど、奥田家の内情や掏られたときの状況などを話して、石川と岩倉は腰を上げた。

ふたりが戸口から出ると、それを待っていたように菅井と茂次が顔をだした。武家がふたり、何の用で来たのか興味を持ったにちがいない。ちかくの部屋で、帰るのを待っていたのだろう。

「どうした、どうした」

土間に下駄を放り投げるように脱ぎ、菅井が上がってきた。茂次もわが家のような顔をして入ってくる。

源九郎は石川との話をかいつまんで伝え、

「まず、これを見ろ」

と言って、ふたりの前に袱紗包みを出して、ひらいた。

「た、大金だ……」

茂次が目を剝いた。菅井は腕組みをして思案深そうな顔をしているが、目は膝先の十両に釘付けになっていた。十枚の小判が、うす暗い部屋のなかでにぶいひかりを放っている。

「旦那、それで、この金はどうするんで」

茂次が目をひからせて訊いた。

「ふたりにやる気があればの話だが、手を借りたい。むろん、この金は山分けだ」

源九郎たちは、いままでも富商に依頼されて強請《ゆすり》にきた徒《いたずら》牢人を追い返したり、勾引《かどわか》された御家人の娘を助け出したりして、礼金や始末料などをもらったことがある。そんなときは、仲間うちで等分に分けていたのだ。

「やるやる」

声をつまらせて、茂次が言った。

「華町、そういう話なら孫六《まごろく》の手も借りた方がいいぞ」

菅井が低い声で言った。

孫六は還暦を過ぎた年寄りだが、元は腕利きの岡っ引きだった。中風をわずらい、すこし足が不自由になったこともあって、いまは長屋に住む娘夫婦の世話になっている。

「そうしよう」

源九郎も相手が掏摸となると、岡っ引きの力が必要だろうと思った。それに、孫六も暇をもてあましているはずだった。誘われれば喜ぶだろう。

「では、二両ずつ」

源九郎は、菅井、茂次、自分の順に二両ずつくばった。孫六にも二両渡すつもりだった。残りの二両は、いつものように日頃世話になっている長屋の連中に分けることになる。

6

……いい陽気だ。

源九郎は、大川端を歩いていた。

西日が川面を染め、猪牙舟《ちょきぶね》や屋根船などがゆったりと行き来している。対岸の日本橋の家並は淡い夕闇につつまれていたが、川面はまだ明るかった。ちかくの桟橋で荷揚げでもしているらしく、威勢のいい船頭や人足の声が聞こえてくる。

雀色時《すずめいろどき》と呼ばれる暮れ六ツ（午後六時）ごろだった。

源九郎は深川清住町《きよずみちょう》を歩いていた。今川町にある浜乃屋に行くつもりだったのである。

仙台堀にかかる上ノ橋を渡り、右手の路地をすこし歩くと浜乃屋が見えてくる。戸口に暖簾が下がり、打ち水がしてあった。

……お吟はいるかな。

源九郎の顔が、だらしなくくずれている。

若い娘に、手など握られたのは何年ぶりか。それに、ふところも暖かい。源九郎の心は春の陽気のように浮き立っていた。

源九郎はどちらかといえば女に淡泊だった。それに、女色に惑わされるような歳でもない。ただ、妙にお吟のことは気になった。男の情欲もないとはいえないが、それよりお吟に自分の娘のような可愛さを感じたのである。

暖簾をくぐると、座敷にいたお吟が振り返り、

「あら、旦那、いらっしゃい」

と、嬉しそうな顔をして近寄ってきた。暖簾を出して間もないと見え、まだ客の姿はなかった。

「今日は、栄吉に訊きたいことがあってまいった」

源九郎は、わざといかめしい顔をして言った。浮ついた心の内を、お吟に見透かされたくなかったのである。それに、栄吉に訊きたいことがあったのも事実だった。

「おとっつァんに。いま、呼んで来るから」

そう言って、調理場の方へ行きかけたお吟を、源九郎が慌てて呼びとめた。

「お吟、酒と肴《さかな》も頼むぞ」

源九郎は目を細めて注文した。今日はふところの心配をせずに飲めるのである。

「はい、すぐに」

そう言い置いて、お吟は調理場に消えた。

衝立のある座敷に腰を下ろして待つと、すぐに栄吉が顔を出した。料理の仕込

みでもしていたらしく、肩にかけた手ぬぐいで濡れた手を拭きながら出てきた。

「旦那、いらっしゃい」

栄吉は座敷には上がらず、上がり框に腰を下ろした。毎度、腰を落ち着けて飲むわけにはいかないのであろう。

「栄吉、すこし訊きたいことがあってな」

「何でしょう」

「一昨日《おととい》、お吟が掏摸に間違えられたが、事情が呑み込めた」

そう言って、源九郎が石川から聞いた話をかいつまんで伝えた。

「それで、石川はわしと同門ということもあって、掏られた書状をとりもどす手助けをすることになった」

源九郎は金をもらったことは伏せておいた。

「それでな、おまえに訊けば、掏った女のことが知れるのではないかと思い、足を運んできたのだ」

栄吉は、ここに店をひらく前まで、両国、浅草界隈を縄張りにする掏摸の親分だった。その栄吉なら、女掏摸の見当もつくのではないかと思ったのである。

「心当たりはありませんが……」

「女掏摸は、多くはいまい」

「あっしは、もう足を洗ってますんで」

栄吉は顔を曇らせて、視線を落とした。むかしのことは、忘れたいのだろう。

「おまえの気持も分かるがな。相手が御目付《おめつけ》ともなると、このままではすむまい。お吟のことも掘り返されるかもしれんぞ」

御目付は旗本を監察する立場だが、御家人を監察する徒目付《かちめつけ》や小人目付《こびとめつけ》も支配下においていた。幕臣を監察糾弾する中核の役職ともいえる。そうした役職まで左右しかねない書状となれば、探索のために多くの配下を動員するかもしれない。あるいは、相手が掏摸ということで、町奉行と密かに通じて町方を使うことも考えられる。そうなれば、お吟や栄吉の身辺にも探索の手がのびるだろう。

「へえ……。それで、旦那、掏ったのはどんな女なんで」

栄吉が源九郎の方に顔をむけて訊いた。栄吉も、このままではすまないと思ったようだ。

「歳はお吟と同じほどだという。それに、手口だが、これもお吟に似ておる」

石川から聞いたそのときの様子を、源九郎は栄吉に話した。

「袖返しか……。若い女で、その手を使えるのは何人もいねえが……」

栄吉は虚空を見つめながら、つぶやいた。

おだやかな表情が消え、細い目が刺すようなひかりを帯びていた。見る者を震え上がらせるような凄味がある。これが、中抜の栄吉と呼ばれ、掏摸仲間を統率していたころの顔なのかもしれない。

「旦那、あっしにも、だれがやったかは分からねえ。……何日か待ってくだせえ。心当たりをあたってみますんで」

栄吉が言った。

そのとき、お吟が酒肴の膳を運んできた。肴《さかな》は香の物に油揚げと筍《たけのこ》の煮付けだった。

栄吉はもとのおだやかな顔にもどり、

「それじゃァ、あっしは仕込みがありやすんで」

と言い置いて、板場の方へもどっていった。

源九郎がお吟を相手に何杯か飲んだとき、威勢のいい声がして、三人連れの客が入ってきた。馴染みらしく、お吟に冗談をいいながら座敷に上がり込んだ。それから、ひとり、ふたりと客が姿を見せ、お吟も客の応対におわれだした。

町木戸のしまる四ツ（午後十時）前に、源九郎は腰を上げた。じゅうぶん飲んで、すっかりいい気持になっていた。

お吟に送られて暖簾をくぐり、歩きだすと、後ろから栄吉が追ってきた。

「旦那、気をつけてくだせえ。裏に、一筋縄じゃァいかねえやつがいるかもしれねえ」

身を寄せて、栄吉が小声で言った。

「一筋縄ではいかぬ者とは」

源九郎が歩をとめて訊き返した。

「いまのところはまだ……。そのうち、旦那にお知らせしますんで」

栄吉はちいさく頭を下げた。

それ以上訊くこともできず、源九郎は歩きだした。路地をしばらく歩いて振り返ると、栄吉は、まだその場に立ってこっちを見ていた。掛行灯の灯《ひ》のなかに小柄で温厚そうな顔が浮かび上がっている。

7

「やけに、砂埃《すなぼこり》がたちゃァがる」

孫六は、表店が軒を連ねる浅草茅町を歩いていた。

そこは千住街道で、人通りが多かった。ちかごろ雨が降らないせいか、通りは靄《もや》のような砂埃につつまれている。

孫六はすこし足が不自由だったが、疲れた様子はなかった。老いたとはいえ、長年岡っ引きとして鍛えた体である。歩くだけなら、若い者にも負けない自信もあった。

「たしか、このあたりだったがな」

つぶやきながら、孫六は下駄屋と酒屋の間の路地を覗き込んだ。

孫六は、岡っ引きの与助を訪ねて来たのだ。源九郎から話を聞いた孫六は、年寄りであることを理由にいったん断ったが、

「孫六の手を借りねば、この事件は始末がつかぬ。何としても、仲間にくわわってくれ」

と源九郎に懇願され、仕方なく引き受けたのである。

もっとも断りたいような素振りを見せはしたが、孫六は話を聞いたときから乗り気になっていた。それというのも、娘夫婦に気がねしながら家のなかでくすぶっているのにうんざりしていたのだ。できる仕事があれば、外へ出て体を動かしたいと思っていた矢先だったのである。

孫六は与助から話を訊くのが、手っ取り早いと判断した。それに、与助は岡っ引き時代の仲間でもあった。

「あれだったかな」

与助の家は、路地の先にある黒板塀でかこった仕舞屋だった。女房が三味線の師匠をしているはずである。

孫六は見覚えのある枝折《しお》り戸を押して戸口に立った。家のなかで、三味線の音と間延びした女の唄声がした。長唄らしい。

孫六が引き戸をあけて声をかけると、唄声がやんで廊下を歩く足音がした。細《ほそ》縞《じま》の単衣《ひとえ》姿の粋な年増が顔をだした。おとしという与助の女房である。

「与助親分はいるかな」

孫六が声をかけた。

「どなたさまかしら」

おとしは、不審そうな顔で孫六の顔を見た。覚えていないらしい。もっとも、この家に来たのは七、八年も前のことなので、忘れて当然だろう。

「以前、世話になっていた番場町の孫六といってもらえば、分かるはずだよ」

孫六は、はぐれ長屋に引き込む前、本所番場町で長く岡っ引きをしていたのである。

「ああ、番場町の親分さん」

おとしの口元にとってつけたような微笑が浮いた。分かったようだったが、その顔には、かすかな戸惑いが浮いていた。おそらく、孫六の老け込んだ姿に驚き、すぐに次の言葉が出なかったのであろう。

「いるなら、呼んでもらえるかな」

孫六が言い添えた。

「は、はい……」

おとしは、すぐにきびすを返すと奥へひっ込んだ。

いっとき待つと、赤ら顔の大柄な男があらわれた。与助である。尻っ端折りした弁慶《べんけい》格子の単衣から、太いからっ脛《すね》をあらわにしていた。かすかに酒の臭いがした。女房の三味線でも聞きながら、酒を飲んでいたのかもしれない。

「こりゃァ、めずらしい。番場町の孫六親分じゃァありませんか」

与助は、土間の下駄をつっかけて下りてきた。

三十半ば、いまは年季の入った岡っ引きだが、孫六が番場町にいたころは、まだ駆け出しだった。孫六は、若い与助の面倒をみてやったこともあったのだ。

「茅町の、ちと、訊きてえことがあってな」

「表へ出ますかい。あいにく、今日は稽古日でしてね。かかわりのねえ者に、話を聞かれねえほうがいいでしょう」

どうやら、三味線の稽古に弟子が来ているらしい。

ふたりは、路地を通り抜け、千住街道を浅草御門の方へ歩きだした。すぐに、神田川につきあたり、柳橋の方へぶらぶらと歩いた。

人影が急にまばらになった。神田川沿いの道を行き来する人々は、夏の陽射しのなかを足早に通り過ぎていく。小声で話せば、他人に聞かれる恐れはないようだ。

「四《し》、五日前《ごんちめえ》、大川端で旗本がふところの物を掏られたそうだが、知ってるかい」

孫六が切り出した。

「番場町の、どういう風の吹きまわしなんで。ずいぶん前にこの稼業から身を引いたと聞いてやすが」

与助の声には棘《とげ》があった。年寄りのおめえが、何だってしゃしゃり出てくるんだい、そんな目の色をしている。無理もない。引退して何年も経つ男が、親分風を吹かせて訪ねてくれば、いい気はしないものだ。

「なに、お上の御用とはかかわりがねえんだ。おれのな、知り合いが掏ったんじゃァねえかと、濡れ衣を着せられてるのよ。それで、掏ったやつだけでも、はっきりさせてやりてえんだ」

「そうですかい」

与助は視線を落としたまま川端をゆっくり歩いている。その横顔には、まだ不審そうな表情があった。

「やったのは、女らしいな。腕もよさそうだ。そうなりゃァ、そう多くはいねえ」

孫六はかまわず言いつのった。

「むかしの掏摸をたぐってもいいが、おめえに訊いた方が早え《はえ》と思ってな」

そこまで、孫六が話したとき、与助が足をとめて振り返った。

「番場町の、悪いことはいわねえ、よした方がいいぜ」

与助が声をひそめた。顔がすこしこわばっている。

「どうしてだい」

「おいら、転《ころ》びのお松《まつ》の仕業じゃァねえかと見てるんだ」

「転びのお松……」

覚えがあった。孫六がまだ現役のころ、転びのお松と呼ばれる腕利きの女掏摸がいた。お松は狙った相手の背後から近寄り、石にでもつまずいたように肩先に突き当たる。相手が驚いて振り返ると、よろけたように相手の胸元にしがみついて懐中の物を掏り取るのである。その手口から、仲間うちで転びのお松と呼ばれていた。当時、十八、九の娘だったが、いまは二十半ばの大年増になっていようか。

「お松だと何かまずいことでもあるのかい」

孫六が訊いた。

「親分は知るまいが、お松は三、四年前から車坂《くるまざか》の常蔵《つねぞう》の情婦《おんな》になってるのよ」

与助が苦々しい声で言った。

「常蔵か……」

常蔵のことは、よく知っていた。下谷車坂町に住む掏摸の親分だった。女房に小間物屋をやらせ、自分はほとんど手を出さない。腕利きの手下が何人もおり、そのかすりだけでも大変な稼ぎだと噂されていた。

それに、残忍なことでも知られていた。足を洗おうとした配下の掏摸の手の指をすべて切り落としたり、縄張りで仕事をした別の掏摸を簀巻《すまき》にして川へ流したり……。

　町方が何とか悪事をあばこうとすると、手下を使って岡っ引きや下っ引きまで平気で手を出す。ところが、自分は直接手を下さないのでなかなかお縄にできない。そのため岡っ引き仲間も、常蔵には見て見ぬふりをしている者が多かったのだ。

「だが、お松がやったと、はっきりしたわけじゃァあるめえ」

　まず、だれが掏ったかつかんでからだ、と孫六は思った。

「そうだが……」

「なに、常蔵に気付かれねえように探るさ」

　孫六は、引退した老いぼれなら常蔵も油断するかもしれない、と思った。

「気をつけた方がいいぜ」

「用心するよ」

　孫六は与助に礼を言って別れた。

　いつの間にか陽が西にかたむき、神田川の水面が淡い茜《あかね》色に染まっている。

前方に柳橋が見えてきた。橋を渡る人々の姿が夕闇につつまれ、黒い影が葬列のように目に映った。

8

「旦那、華町の旦那」

源九郎は、甲高い女の声で目を覚ました。首をひねって見ると、腰高障子に女の姿が映っている。すでに、陽はかなり高かった。障子に強い陽射しが当たり、女の影をくっきりと刻んでいる。

源九郎は慌てて立ち上がると、めくれ上がった単衣の裾を下ろして覗いていた褌《ふんどし》を隠し、乱れた鬢を手でなおした。

昨夜、源九郎は遅くまで、菅井と話しながら飲み、そのまま上がり框のそばの板の間で寝込んでしまったのだ。

源九郎はあせった。来訪者は長屋の女ではない。声の感じは娘のようである。ときどき姿を見せる嫁の君枝でもない。となると、お吟かもしれない。

「しばし、待て」

源九郎は急いで土間へ下り、流しの小桶《こおけ》に水を汲んで顔を洗った。

障子をあけると、思ったとおり、お吟が立っていた。陽射しを背から受けて陰になったせいか、顔が蒼ざめているように見えた。

「おとっつァん、来ていませんか」

お吟が、不安そうな顔で訊いた。

「いや、来てないが」

そのとき、源九郎は向かいの長屋の戸口のところに女房連中が何人か集まって、こっちの様子をうかがっているのが見えた。おせっかい焼きのお熊や若いおとよなどが、好奇心に目をひからせていた。お吟の声を聞きつけ、集まってきたらしい。

「ともかく、入れ」

源九郎はお吟をなかに入れた。

座敷へ、というわけにはいかなかった。土間と二畳ほどの板の間があり、つづきに六畳の座敷があるだけである。夜具こそ敷いてなかったが、枕屏風《まくらびょうぶ》は倒れ、衣桁《いこう》にかけてあった着物は落ちて座敷の隅にまるめてあった。若い女を上げるような座敷ではないのだ。

「旦那、昨日からおとっつァん、帰らないんですよ」

お吟は、土間に立ったまま言った。お吟の声は震えていた。散らかった座敷も、目に入らないようだった。

「どういうことだ」

「昨日の午後、出かけて来るといって店を出たきり、今朝になっても帰らないんです」

お吟の話によると、ここ三日ほど、栄吉は午後になると出かけていたが、料理の仕込みを始める日暮れ前にはもどっていたという。ところが、昨日は店を出たきり、今朝になってももどらなかったのだ。

「おとっつァんが、何かあったら、旦那に知らせろと言ってたのを思い出し、こうして来てみたんです」

お吟はすがるような目で源九郎を見た。

……女掏摸を探索にいったのだ。

源九郎は察知した。

栄吉に何かあったのかもしれぬ、と思い、胸が騒いだ。栄吉は、裏に一筋縄じゃァいかねえやつがいるかもしれねえ、ともらしていた。

あるいは、女掏摸の背後にいる者に何か危害をくわえられたかもしれぬ、という思いが源九郎の胸をよぎった。

「ともかく、店にもどってみよう」

源九郎は座敷に上がり、袴を穿《は》いて二刀を腰に帯びた。

お吟といっしょに戸口から出ると、まだお熊たちがこっちを見ていた。

「お熊、こっちへ来てくれ」

源九郎が声をかけた。

すぐに、でっぷり太った体を揺らしながら、お熊が走り寄ってきた。お熊は四十がらみ、助造という日傭取りの女房である。

「だ、旦那、なんです」

お熊は、お吟の顔をじろじろ見ながら訊いた。

「菅井はどうした」

「もう、出かけたようですよ」

「茂次は」

長屋のことなら、お熊に訊けばたいがいのことは分かるのだ。

「まだ、長屋にいるんじゃァないのかね」

「お熊、大事な用でな。すまぬが、茂次を呼んできてくれ」

源九郎は、浜乃屋に栄吉がもどっていなかったら、手分けして近所を探してみようと思ったのである。

「わかった。すぐに、行ってくる」

　お熊は着物の裾を大きくたくし上げると、太い大根のような足をあらわにして駆け出した。おせっかい焼きだが、ひとが好く、何か頼めば気軽に引き受けてくれるのだ。

　いっとき待つと、お熊が茂次をひっぱってきた。茂次は源九郎のそばに立っているお吟を見て、照れたように笑った。源九郎には似合わない若く粋な女なので、戸惑っているようだった。

「茂次、前に話した浜乃屋のお吟さんだ。父親が昨日から帰らぬという。手を貸してくれ」

　源九郎が言った。

「へ、へい」

　茂次の顔から笑いが消えた。お吟の顔が蒼ざめていたし、源九郎もいつもの茫洋とした顔ではない。お吟の父親の身に何かあったと、みているのであろう。

　源九郎たちの懸念が伝染したのか、近寄ってきたお熊たちも不安そうな顔をしていた。そのお熊たちに見送られ、三人は足早に路地木戸を抜け、竪川《たてかわ》沿いの通りに出た。

浜乃屋に、栄吉はもどっていなかった。

「お吟、栄吉の行き先だが、何か心当たりはないか」

探すにしても、闇雲《やみくも》に歩きまわるわけにもいかない。

「な、ないよ……」

お吟は、顔をこわばらせたまま首を横に振った。

「わしがな、女掏摸のことを訊いたので、栄吉は心当たりをまわったのかもしれぬ」

源九郎は、栄吉と話したことをかいつまんでお吟に伝え、

「お吟、心当たりはないか」

と、あらためて訊いた。源九郎も、不安がつのってきた。栄吉がいなくなった原因は自分にもあるような気がしたのだ。

「ま、まさか」

お吟が、ハッとしたように目を剝いた。

「何か、心当たりがあるんだな」

「転びのお松という女がいると、聞いたことがあるけど」

「そいつは、どこに住んでいる」

「あたし、知らない。むかし、噂を聞いたことがあるだけ……」

お吟の顔が紙のように蒼ざめ、肩先が顫《ふる》えだした。父親の身に何か起こったことを、お吟は察知したのかもしれない。

そのとき、戸口で、お吟さん、いるかい、お吟さん、という男の声がした。いそいで出て見ると、黒半纏《くろはんてん》に股引姿の大工らしい男が、こわばった顔で立っていた。源九郎も男に見覚えがあった。以前、店で見た客である。

「島七《しましち》さん、どうしたの」

お吟が訊いた。男の名は島七というらしい。

「お、大川端でな、栄吉さんが殺されてるぜ」

男は声をつまらせながら言った。

「えっ！」

お吟が、ビクンと背筋をのばし、喉がひき攣《つ》ったような声を出すと、ゆらりと体が揺れてそのまま倒れそうになった。

咄嗟《とっさ》に、源九郎が手をのばしてお吟の体を抱きかかえた。

第二章　転びのお松

1

「旦那方、こっちで」

島七が源九郎たちを先導した。

お吟は、源九郎の後を血の気のない顔でついてきた。目をつり上げて悲痛に耐えているが、自分の足で歩いていた。ときどき、祈るように胸の上で掌を合わせ、何かつぶやいていた。人違いであってくれ、と胸の内で叫んでいるのかもしれない。

「旦那、あそこで」

源九郎たちを先導してきた島七が、川端に立ち止まって指差した。

見ると、永代橋のちかくの桟橋の上に人だかりがしていた。幾艘もの猪牙舟《ちょきぶね》や屋根船などが舫《もや》ってある大きな桟橋に、十数人の男たちが集まっていた。船頭や人足などに混じって、黄八丈《きはちじょう》の着物に巻《ま》き羽織《ばおり》姿の、一目で八丁堀同心と分かる男の姿もあった。何人か、岡っ引きもいるようである。

源九郎たちは駆けだした。桟橋の厚い板を踏み鳴らして近寄ってきた源九郎たちに、集まった男たちが振り返った。

「どいてくれ、この娘《こ》の親かもしれぬ」

源九郎が声をかけた。

人垣が割れ、その先に横たわっている男の姿が見えた。元結《もとゆい》が切れて、ざんばら髪だった。薄茶地に縞の単衣が濡れた体にまとわりついている。源九郎たちは、死体のそばに走り寄った。

死体はつっ伏していたが、横顔をこっちにむけていた。栄吉である。苦悶の表情を浮かべていた。土気色の肌をし、刮目《かつもく》し、何かに噛みつこうとでもしているように口をひらき歯を剝《む》いていた。

着物の腹のあたりが血を吸って、どす黒く染まっていた。何者かに腹部を刀で斬られたらしい。

「お、おとっつァん！」

　ふいに、お吟が喉の裂けるような叫び声を上げ、死体のそばにうずくまった。桟橋の上に伸びた栄吉の片腕をとり、胸に抱きしめるようにして激しく体を顫《ふる》わせた。胸に衝《つ》き上げてきた嗚咽に、必死に耐えているようだった。

　お吟のそばに立っていた源九郎に、背後から同心が近寄ってきて、

「死骸《ほとけ》の娘のようだな」

と、訊いた。村上彦四郎《むらかみひこしろう》という南町奉行所定廻り同心である。源九郎は以前かかわった事件で、村上とは面識があった。

「殺されたのは、栄吉。今川町の浜乃屋の亭主だ」

　源九郎が答えた。

「ふところをあらためたが、巾着がねえ。辻斬りか、通りすがりの徒《いたずら》牢人か、いずれにしろ、殺《や》ったのは手慣れたやつだな」

　村上は抑揚のない声で言った。たいした事件とは思っていないようだ。その顔にうんざりしたような色がある。

　それでも、検屍で分かったことをかいつまんで話してくれた。それによると、死体の固くなりようから推《お》して、殺されたのは昨夜遅く。腹を刀で斬られ、川上

から突き落とされたらしい。

死体は桟橋の杭にひっかかっており、今朝舟を出しにきた船頭が発見し、ちかくの番屋に知らせたという。

……遣い手だ。

と、源九郎はみた。

栄吉は腹部を横一文字に斬られ、臓腑が覗いていた。深い傷である。一太刀で仕留めているのだ。村上の言うとおり、腕のいい手慣れた者の犯行であろう。

……栄吉には、すまぬことをした。

源九郎の胸に後悔の念が湧いた。源九郎が女掏摸のことを訊いたがために、栄吉をこんな目に遭わせてしまったのである。

「下手人は、こっちであたる。検屍はすんだが、念のため今夜だけは死骸《ほとけ》を番屋においてくんな」

そう言うと、村上はちかくにいた岡っ引きたちに、大川端をたどって死体を遺棄した場所と犯行の目撃者を探すよう指示した。

源九郎は、嗚咽をこらえているお吟の背後にかがみ込んだ。なんと言ってなぐさめていいのか、分からなかった。

「お吟、つらいだろうな……」

　源九郎は小声で言った。そんな言葉しか浮かばなかったのだ。

　その声に、ふいにお吟が後ろをむき源九郎の肩先に顔を埋めて、泣き声を上げた。腹から絞り出すような声だった。しばらく、お吟は身を揉《も》むように体を顫わせながら泣いていたが、やがて泣きやみ、涙で赤くなった目で虚空を睨み、

「お、おとっつァんを殺したやつに、きっと、仕返しをしてやるから」

　と、喉をつまらせながら言った。

　翌朝、永代橋ちかくの佐賀町の番屋から栄吉の死体を引き取ることになった。源九郎は、茂次と孫六を同行した。菅井は何やらひとりで探っているようだったので、声をかけなかったのだ。

　佐賀町への道すがら、源九郎から事情を聞いた孫六が、

「旦那、栄吉が出かけたのは車坂の常蔵のとこかも知れませんぜ」

　と、目をひからせて言った。

「常蔵という男は」

　源九郎が訊いた。

「へい、転びのお松という女掏摸《すり》の情夫《いろ》のようなんで」

孫六が、与助から聞いたことを簡単に伝えた。

「転びのお松か、そいつが奥田さまから書状を掏《す》りとったのかもしれんな」

「あっしも、そうじゃァねえかと……」

「その常蔵の仲間に牢人者はいないか」

源九郎は、栄吉を手にかけたのは剣の遣い手だと見ていた。掏摸仲間や遊び人の類ではないはずだ。

「まだ、そこまでは」

孫六は首を横に振った。

「ともかく、常蔵とお松の身辺を探ってみる必要がありそうだな」

「そのつもりでおりやす」

孫六がそう言うと、

「そういうことなら、あっしもそっちを探ってみますぜ」

と、脇で聞いていた茂次が言った。

「油断するなよ。一筋縄ではいかぬやつらのようだ」

源九郎の脳裏に、栄吉の言葉が浮かんだ。

その日、番屋から栄吉の死骸を引き取った源九郎たちは、浜乃屋の近所の者たちとともに栄吉の葬式を出してやり、死骸は回向院《えこういん》に葬った。

2

菅井紋太夫は、掘割の岸辺に立っていた。大川から舟を引き入れるための狭い堀で、菅井の立っているすぐ前に低い石段があった。その先にちいさな桟橋があり、猪牙舟が一艘つないであった。風でさざ波がたち、舟底や石垣に当たって、ちゃぷ、ちゃぷと戯れるような音をたてている。

そこは百嘉という料理茶屋の裏手で、調理場への出入り口が見える。

ここ三日ばかり午前中だけ一刻（二時間）ほど、菅井はその場所に立って店の裏口に目をくばっていた。源九郎から話を聞いた菅井は、御目付である奥田が、それほど大事な書状を料理茶屋に持参したことが解せなかったのである。

……奥田は、百嘉で何者かと密会し、その書状を受け取ったのではないか。

と、菅井は思った。

密会の相手が、家臣にも知られたくない者なら、先に供を帰して自分だけ店に残ったのもうなずけるのである。

となると、その書状の中身が気になった。だれが、だれ宛てに、何を記した書状なのか。それを知るのは、奥田が百嘉で密会した相手をつきとめるのが手っ取り早いと思ったのである。

ここに立つようになってから、菅井は若い調理人と女中、それに店に出入りしている魚屋をつかまえて話を聞いていた。その結果、書状を掏られた夜、お静という女中が奥田についたことが知れた。

お静は、色白でほっそりした三十がらみの女だそうである。お静は通いで、四ツ（午前十時）までには、裏口から店に入るという。右の眉毛の上に小豆粒《あずき》ほどの黒子《ほくろ》があるので、すぐわかりますァ、と若い調理人が教えてくれた。

菅井は、そのお静がやってくるのを待っていたのだ。

……そろそろ四ツだが。

そう思って、裏口の方へ目をやると、小柄な女が堀沿いの路地を足早にやってくるのが見えた。色白のほっそりとした女である。手に風呂敷包みをかかえていた。

菅井は裏口の方に走り寄った。

……お静のようだ。

近寄ると、眉根の上の黒子が見えた。

「しばし、しばし、お女中はお静どのではござらぬか」

菅井が声をかけた。

「そうですけど……」

お静の顔に、怯えたような表情が浮いていた。

無理もない。菅井は総髪を肩まで垂らし、頬がえぐりとったようにこけ、見るからに陰気な顔をしている。紋付羽織に袴姿で下駄履き、手に風呂敷包みをぶら下げていた。しかも、ここには無腰で来ていたので、武士には見えず、お静の目には得体の知れぬ気味の悪い男に映ったことであろう。

「わしはな、八卦《はっけ》、人相見《にんそうみ》の竹雲《ちくうん》ともうす者じゃが、さるお方より、失った書状の行方を占って欲しいと頼まれ、八卦を見たところ、本日、百嘉の裏手、乾《いぬい》（北西）の方角より来たるお静なるお女中より聞け、と出たのでござる」

菅井は出任せを言った。ただ、菅井の人相風体は、貧乏易者そのものだった。

「……」

お静は、半ば疑い、半ば怯えたような顔をした。菅井の言うことをそのまま信じたとは思えないが、名を呼ばれたことに不安を覚えたのかもしれない。

「案ずるな、わしは当たらぬのが評判の八卦見でな。……そうだ、わしは手相も見る。お静どの、お手を見せてくれぬか」

そう言うと、菅井は左手を右のたもとにつっ込んで何やらつまみ出した。

そして、おそるおそる差し出したお静の掌の上に、ポトリと何かを落とした。

小粒銀である。

お静は、掌をひらいたまま驚いたような顔をして菅井を見た。

「実をもうすとな、お静どのの名は、昨日店の者から聞いたのだ。ただ、さきほど話した書状のことは偽りではない。大金をもらった手前、多少役にたつ占いをせねばならぬ。……わしの八卦より、直接聞いた方が当たると思ってな。それで、こうして足を運んでまいったのだ」

菅井がそう言うと、お静が肩をすぼめて、クスリと笑った。そして、ひらいていた手を握りしめ、

「それで、あたしに何が訊きたいのさ」

と、急に蓮《はす》っ葉《ぱ》な物言いになった。お静の疑念と不安は、すっかり払拭されたようだ。

「さきほど話したさるお方というのは、旗本の奥田兵部之介さまじゃ。聞くところによると、お静どのは奥田さまの座敷に出たとか」

「あたし、料理を運んだだけですよ。奥田さまのお相手は、女将さんだけ」

そう言うと、お静は意味ありげな目をした。

奥田と女将は何かいわくがありそうだったが、菅井は、

「その夜、奥田さまはだれと会われたのかな」

と、訊いた。まず、奥田の密会の相手を知りたかったのである。

「だれとも会いませんよ。女将さんと、ずっとふたりっきりで、差しつ差されつ……」

お静はそう言うと、口元に卑猥《ひわい》な笑いを浮かべた。

「だれかと会って、書状を受けとったはずだがな」

なおも、菅井が訊いた。

「女将さんとあたしのほかは、だれも座敷に入りませんよ」

「そうか」

妙だな、と菅井は思った。誰かに託されたのなら別だが、料理茶屋の女将が御目付役を左右するほど大事な書状を持っていたとは思えない。となると、奥田は、初めから書状を持って店にいったのであろうか。

「女将さんの名は」

菅井が訊いた。

「おれんさん、まだ、二十五だけど、やり手でね。百嘉は女将さんでもってるといってもいいくらいなんですよ」

お静によると、おれんは三年前百嘉の主人だった吉兵衛《きちべえ》のところへ後妻にきたという。

「当時、吉兵衛さんはもう五十過ぎの歳でね。前の女将さんが病《やまい》で死んで、しばらくひとりで店を切り盛りしてたんですけど、女中だったおれんさんを気に入って後妻にしたんですよ」

その吉兵衛が、一昨年《おととし》亡くなり、百嘉はおれんのものになったという。吉兵衛が死んだ当初、おれんは財産目当てにいっしょになった、と親戚や店の者たちからずいぶん悪くいわれたそうだが、その後、百嘉がさらに繁盛するのを見て、ちかごろは陰口をいう者もいなくなったという。

「奥田とおれんの仲は」

菅井が知りたいのは、奥田との関係だった。

「まァ、身分がちがいますからね。店で逢うだけでしょうけど、好き合ってるようですよ」

お静が、すこし声をひそめてふたりの馴初《なれそ》めを話した。

奥田が店に来るようになったのは、おれんが切り盛りするようになって間もなくだったという。初めは、他の旗本といっしょに来たが、そのうち奥田ひとりで来店するようになった。

「奥田さまは女将さんと同い歳で、まだ独り身なんですよ。それで、気が合ったのかもしれませんよ」

そう言って、お静はまた卑猥な表情を浮かべた。

「うむ……」

若い奥田が、おれんの手練手管に嵌《は》まったのかもしれぬ、と菅井は思った。

それから、菅井はもう一度奥田がだれかと会って書状を受け取らなかったか確認した後、なぜ、奥田は駕籠を呼ばなかったのかを訊いた。そのことも、菅井の頭にひっかかっていたのだ。

「それは、奥田さまが、このような涼しい宵に駕籠で帰るのは無粋だ、とおっしゃられたからですよ」

「そうか」

どうやら、奥田は自分から歩いて帰ると言ったようである。

菅井はお静に礼を言って、きびすを返した。

3

菅井はそのままの足で両国広小路にむかった。途中、路傍の稲荷の祠《ほこら》の下に隠しておいた居合抜き用の大刀を取り出して腰に帯びた。せめて、午後だけでも商売をするつもりだったのである。

両国広小路は、江戸でも一、二を争う盛り場である。今日も、大変な人出だった。様々な身分の老若男女が行き交い、物売りや見世物の呼び込みの声がひびき、雑踏のなかには鬢《びん》付け油やうなぎの蒲焼の匂いなどがただよっていた。

菅井は大川端の水茶屋の脇に立った。いつもの場所である。菅井はたもとから細紐を取り出すと、おもむろに襷をかけて両袖を絞った。

菅井は、口上を述べたり、これみよがしの長刀を抜いて見せたりして見物人を集め、歯磨やいかがわしい塗り薬などを売ったりする居合抜きとはちがっていた。

菅井の居合は本物だった。それというのも、菅井は田宮《たみや》流居合の達者だったのである。

路傍に立った菅井は無言のまま居合腰に沈めると、全身に気勢を込め、鋭い気合とともに抜刀する。それを何度かくりかえすと、ひとりふたりと見物人が集まってくるのだ。剣の心得のない者にも、その気魄、敏捷《びんしよう》な体さばき、抜刀の迅《はや》さ、鋭さなどは分かるらしく、足をとめてその妙技に見とれるのである。

菅井は見物人が集まったところで、商売を始める。商売といっても、何か物を売ったり、見物料を求めたりするのではない。

菅井の背後の白木の三方《さんぽう》に、二、三寸ほどに截断《せつだん》した竹片が積んであり、それを手にすると、

「だれか、おれにむかってこの竹を投げてみよ。この竹ひとつは、たったの十文。みごと、おれの体に当てれば、金を倍にして返そう。おれの居合が迅いか、竹の礫《つぶて》が迅いか。……どうじゃ、そこの若いの、腕試しをしてみぬか」

と、まず威勢のいい若者などを誘う。

十文ではそばも食えない。たいした金額ではないので、面白半分に、挑戦する者がいる。

菅井は自分の体に飛んでくる竹片を、抜刀と同時に斬り落として見せるのだが、それで終りではない。

「どうじゃ、若いの、つづけて、ふたつ、三つ、投げてもかまわぬぞ」

と、さらに誘う。

「おもしれえ、やってみようじゃァねえか」

血気盛んな若者の多くは、見物人の環視でひっこみがつかなくなるのと、連続してふたつ、三つ投げれば、当たるのではないかという誘惑とで、再挑戦するのだ。

菅井のやり方は巧妙だった。素人の投げる竹片など、三つでも四つでも斬り落とすことはできたが、三つのうちひとつぐらいは、当たってやった。熱くなっている挑戦者の顔をたててやり、別の見物人に、おれもやってみようか、という気をおこさせるためなのだ。

結局、四、五十文、出させて、二十文返し、二、三十文手元に残すことになる。なかには、ひとつ当てたことで満足し、翌日もわざわざ足を運んできて腕試しする者もいた。

……そろそろ、しまうか。

二刻（四時間）ほど商売をつづけると、銭を入れる笊《ざる》も、いっぱいになってきた。

それに、陽が西にかたむき、見物人も集まりにくくなっていた。広小路を行き来する人々の足も、日没にせかされるように速くなってきている。

菅井が襷をはずそうと手をかけたとき、

「その竹、ひとつもらおう」

と、まばらな見物人の後ろから声がかかった。

色褪せた納戸《なんど》色の小袖に、同色の袴。荒《すさ》んだ感じのする牢人体の武士だった。中背で、やや猫背である。使い込んだ黒鞘の大刀だけを差していた。

牢人はゆっくりとした足取りで、菅井の前に立った。肌が浅黒く、眉根が濃い。剛悍《ごうかん》な感じの面《おもて》貌である。

……こやつ、できる！

菅井は直感した。

首が太く、胸が厚い。腰もどっしりと据わっていた。菅井を見つめた双眸《そうぼう》が猛禽のように鋭い。牢人の身辺には、真剣勝負のなかで生きてきた剣客のもつ殺伐とした雰囲気がただよっていた。

「十文だな」

牢人は、ふところから巾着を取り出し、銭をつかみだした。

……ただの遊びではないようだ。

と菅井は察知したが、黙って銭を受け取り、竹片を手渡した。

牢人は間合を三間ほどにとった。ちょうど、立ち合いのとき、抜き合わせるほどの間合である。

菅井は、刀の柄に右手を添え、居合腰に沈めた。

ふたりの周辺を、異様な静けさがおおった。見物人たちはおしゃべりをやめ、固唾《かたず》を飲んで牢人と菅井を見つめている。見物人たちも、遊び半分の腕試しではないと察知したらしい。

牢人はすこし腰を沈め、竹片を持った右手を胸の前で水平に構えた。手裏剣を打つような構えであり、抜刀の身構えのようにも見えた。

「まいる」

小声でそう言った瞬間、牢人の全身に激しい気勢がみなぎった。

……こやつ、おれの剣を試そうとしている。

菅井はそう読んだ。

抜刀体勢のまま、菅井は気を鎮めた。竹片ではなく、三間の間合から敵刃が迫るとみて、抜きつけねばならない。

タァッ！

鋭い気合と同時に、牢人から稲妻のような剣気が放射され、竹片が放たれた。

間髪をいれず、菅井の腰から閃光が疾《はし》った。

戛《かつ》、

と乾いた音がひびき、菅井の眼前で竹片が撥ね飛んだ。

次の瞬間、菅井は腰を沈め、静かに刀身を鞘に納めていた。その顔は無表情だったが、菅井の全身に鳥肌がたっていた。

……斬られていたかもしれぬ。

と、菅井は感じた。

牢人の放った剣気に押され、一瞬抜刀が遅れたのだ。そのため、顔面ちかくまで竹片が飛来してから斬り落とすことになってしまった。真剣勝負の場合、この一瞬の遅れが勝負を決することが多い。

「見事だな」

そう言った牢人の口元に、うす嗤いが浮いていた。

「おぬしこそ」

「またいつか、腕試しをさせていただくことになろう」

牢人はそう言うと、きびすを返し、見物人のなかへ歩き去った。

そのときになって、見物人のなかから溜め息がもれ、パラパラと拍手がおこった。見事竹片を斬り落とした菅井に対する賞賛の拍手だったが、菅井の耳にはとどかなかった。

菅井はその場につっ立ったまま、牢人が言い置いた言葉を反芻《はんすう》していた。またいつか、腕試しをさせていただくことになろう、とは、真剣勝負の挑戦を意味していたのだ。

4

茂次は、下谷車坂町の路傍にいた。表通りからすこし入ったところにある土蔵の陰から、斜向《はす む》かいにある小間物屋の店先を見張っていた。

栄吉の葬式のすんだ翌朝、茂次は常蔵の住む車坂町に出かけ、研ぎ屋の商売をしながら付近の長屋を歩き、女房連中から常蔵が女房にやらせているという小間物屋を聞き出したのである。

それから三日ほどの間に、小間物屋に四十がらみの赤ら顔の男が出入りするのを何度か目撃した。近所の酒屋で訊くと、その男が亭主の常蔵だった。女房の名はおたえといい、三十半ばだった。おたえはあまり店から出ないようだし、太っていて動きが緩慢だったので、転びのお松と呼ばれる女掏摸とはちがうようだった。

常蔵は唐桟《とうざん》の羽織に角帯姿。恰幅のいい福相の主で、繁盛している大店の主人のようだった。店には、子分が出入りしている様子もなく、掏摸の親分には見えなかった。

……出てきたぜ。

その常蔵が、おたえに送られて店先から通りへ出てきた。常蔵は下谷の廣徳寺《こうとくじ》前を浅草の方へむかって歩いていく。

……尾けてみるか。

茂次はお松の顔を拝んでみたかったたし、ほかに隠れ家もあるような気がした。

身をひそめていた土蔵の陰から通りへ出ると、茂次は半町ほどの間をおいて常蔵の後を尾け始めた。

常蔵は稲荷町と呼ばれる寺院の多い通りを浅草方面へむかい、東本願寺の手前を右手にまがった。堀沿いの道をしばらく歩き、常蔵が入っていったのは、生垣をめぐらせた仕舞屋だった。この辺りは阿部川町で、町家やちいさな寺などがまばらに建っている閑静な地だった。

……ここだな。

茂次は、お松を囲っている家か、隠れ家だろうと思った。

覗くのは危険すぎる。どこかに見張る場所はないか、と周囲に目をやると、路傍に深緑を茂らせた椿があった。その樹陰に身を隠すと、すこし距離はあったが、ちょうど正面に仕舞屋の戸口が見えた。茂次はその樹陰にかがみ込んで、しばらく見張っていた。

小半刻（三十分）もすると、陽が沈み樹陰に夕闇が忍んできた。仕舞屋に出入りする者はいなかった。辺りはひっそりとして、物音も話し声も聞こえてこない。ときおり、風に揺れる椿の葉音が聞こえるだけである。

やがて、仕舞屋を夜陰がつつみ始め、行灯《あんどん》に灯《ひ》を入れたらしく障子にほのかな明りが映っていた。常蔵はこの家に泊まるつもりのようである。

……今夜は、これまでだな。

茂次は腰を上げた。これ以上、見張っても無駄骨だと思ったのである。

樹陰から路地へ出て、歩き始めたときだった。茂次は、背後に足音を聞いた。

複数の足音が迫ってくる。

振り向くと、駆け寄ってくる人影があった。三人。いずれも町人体で、尻っ端《ぱ》折《しょ》りし、からっ脛が夜陰に白く浮き上がったように見えた。殺気立った雰囲気がある。まっとうな男たちではないようだ。

……逃げねば！

そう思って前をむくと、そこにも別の男の姿があった。

町人体の男がふたり。ちかくの町家の板塀の陰からあらわれたのか、茂次の行く手をふさぐように路地に立っていた。挟み撃ちである。常蔵の手下であろうか。茂次の尾行に気付いて、手下に襲わせたのかもしれない。

「待ちな、若いの」

後ろから走り寄った三十がらみの男が言った。

目の細い酷薄そうな男だった。頬から唇にかけて傷があった。刃物で斬られた傷のようである。

「おめえ、こんなところで、何をしてたんだい」

「へい、浅草寺の帰りに道に迷いやして」

路傍に立って、茂次はすばやく左右に目をやった。逃げ場を探したのである。

路地の前後はふさがれていた。右手は町家の板塀、左手は空き地になっていて、丈の高い雑草が茂っていた。

「そうかい、どこへ帰るんだい」

三十がらみの男の口元にうす嗤いが浮いていた。この男が、一味の兄貴格のようである。

「湯島の方へ」

茂次は適当にいいつくろい、空き地の先に目をやった。掘割があり、ちいさな土橋がかかっていた。その先は町家がつづき、飲み屋や小料理屋などがあるらしく、いくつか灯《ひ》が落ち人影もあった。

そこまで行けば、逃げられるかもしれない、と茂次は思った。

「だいぶ、暗くなってきた。おれたちが、ちかくまで送ってやろう」

三十がらみの男がそう言うと、他のふたりが左右に近寄ってきた。前方のふたりも、足早に迫ってくる。

……どこか、暗がりへ引き込んで殺《や》るつもりだ。

そう察知した茂次は、突然、左手にまわり込んできた男の肩を突き飛ばして駆けだした。そのまま、飛び込むような勢いで、空き地の雑草のなかへ走り込んだ。

「やろう！　逃がすな」

三十がらみの男が叫び、男たちがいっせいに追ってきた。

叢《くさむら》に足をとられ、思うように走れない。男たちの腰から下が雑草に埋まり、ザワザワと雑草を掻き分ける音がひびいた。

前方からまわり込んできた男がふたり、茂次の右手から迫ってきた。ふたりとも手に匕首《あいくち》を握っていた。

「くたばれ！」

叫びざま、ひとりが体ごとつっ込んできた。

茂次は体をひねって、男の顎のあたりを殴りつけた。重い手応えがあり、一瞬、男の顔がねじれたように横をむいた。

唸り声を上げ、男は叢にうずくまった。

だが、茂次の体勢がくずれたのを見て、もうひとりの男が踏み込みざま匕首で腹を突いてきた。

茂次の脇腹に疼痛がはしった。

「ちくしょう！」

茂次は目をひき攣《つ》らせ、男の顔面を殴りつけた。男の顔がゆがみ、鼻血が飛び散った。

男は顔を両手でおおい、よろよろと後じさった。茂次は脇腹を押さえて叢を走る。出血で、べっとり濡れていた。腹にひきつったような痛みがあったが、臓腑まではとどいていないようだ。

「追え！　逃がすんじゃァねえ」

三十がらみの男が叫んだ。三人の男たちが、追ってくる。

茂次は掘割沿いの小径《こみち》を土橋の方へ走った。橋を渡れば、人通りのある町筋がある。そこまで逃げれば、なんとかなるはずだった。

懸命に走った。心ノ臓がどくどくと鳴り、よじれたように激痛が腹を襲う。茂次は土橋を渡った。男たちの足音が、背後に迫ってくる。

「ひ、人殺しだ！」

大きな通りへ出るなり、茂次が叫んだ。恥も外聞もなかった。つかまったら命はない。

すでに通りは夜陰につつまれていたが、飲み屋や小料理屋などの灯が落ち、ぽつぽつと人影があった。

腹を押さえて走ってくる茂次の叫び声に通行人が足をとめ、追ってくる三人の男たちに気付くと、路傍に身を避けながら、あいつらだ、喧嘩か、などと声を上げた。甲高い女の悲鳴も聞こえた。

茂次は叫び声を上げながら、人通りの多い方へと走った。一町ほど走ると、背後から追ってくる足音が、急に聞こえなくなった。振り返ると、男たちが路傍に立ちどまっている。追うのをあきらめたようだ。

……助かったぜ。

茂次は、走るのをやめてよたよたと歩きだした。

5

「いっ、痛え！　もっと、やさしくできねえのか」

茂次は、体をよじりながら悲鳴を上げた。

「男だろ、我慢しな」

お熊が太い腕をあらわにし、おとよと孫六の娘のおみよにも手伝わせて茂次の腹に晒《さらし》を巻き付けていた。

畳の上に横たわった茂次のまわりには、大勢集まっていた。お熊たちのほかに、源九郎、菅井、孫六、それに、土間にはお熊の亭主の助造など数人の男たちがつっ立って、なかを覗き込んでいる。

腹を血まみれにさせた茂次が長屋へもどったのは、五ツ（午後八時）過ぎだった。ひとり者の茂次は、自分の部屋へ入る前に、源九郎の部屋を覗いて助けをもとめた。

すぐに、源九郎は茂次を部屋へ運んで傷口を見た。左脇腹にえぐったような刃物の傷があった。三寸ほどの長い傷で出血も多かったが、皮肉を裂いただけだった。

……命にかかわるようなことはあるまい。

そう判断した源九郎は、傷口を酒で洗った後、お熊に知らせたのである。後は、お熊が長屋中に知らせて歩き、これだけの連中が集まってきたのだ。

「お熊、おれを殺す気か。こんなのは、かすり傷だ。晒を巻くことなんかねえんだ」

茂次はしきりに悪態をついた。長屋の連中に見守られて、きまり悪いらしい。

「なにいってるんだい。もう一寸、臍《へそ》の方を刺されてたら、命はなかったよ」

お熊は晒を巻き終え、額に浮いた汗を手でぬぐいながら言った。

その晒にうすく血がにじんでいた。まだ、出血はとまらないらしい。

「お熊の言うとおりだ。脇へそれたから助かったのだぞ。……それに、しばらく動けん。血がとまるまではな」

源九郎が脇から言った。

「なに、明日から商売に行くつもりだぜ」

茂次は強がりを言った。

「大事にはなるまいが、今夜はおとなしく寝かせた方がいいだろう。みんなに集まってもらったが、ひきとってくれ」

源九郎が向き直って、戸口に立っている男たちに言うと、安心したように外へ出ていった。

それから、お熊たちは土間の竈《かまど》で湯を沸かし、近所から残った飯を集めて源九郎たちのために茶漬けをつくった。

「これで、あたしらは帰るからね。その茶碗は、流しにつっ込んどいておくれ」

そう言い置いて、お熊たちは帰っていった。日頃から長屋の連中は助け合っているが、これほど親切なのは、源九郎が二両を分配しておいたからである。

茶漬けを食い終わったところで、

「さて、茂次、話を聞こうか」

源九郎がそう言うと、へい、と答えて、茂次が身を起こそうとした。

「寝たままでいい。そのまま話してくれ」

「それじゃァ、このまま……」

茂次が話し出すと、菅井と孫六も枕元に膝を寄せてきた。

茂次は、下谷車坂町の小間物屋から浅草阿部川町の仕舞屋まで常蔵を尾けたこと、そして、五人の町人体の男たちに襲われたことなどをかいつまんで話した。

「そいつら、常蔵の手下だな」

孫六が言った。

「おれも、そう思う。おれが常蔵のことを探っていたのに気付いて、暗くなるのを待って襲ったにちげえねえ」

茂次が天井に目をむけたまま、くやしそうな顔をした。

「こうなったら、常蔵をひっくくって、お松が掏り取った物をとりもどしましょうぜ」

と、孫六が意気込んで言った。

「待て、どうも腑に落ちぬことがある」

それまで黙っていた菅井が口をはさんだ。眉間に縦縞が寄っている。行灯の明りが陰気な顔を横から照らし、般若《はんにゃ》のような影を刻んでいた。その顔に、三人の視線が集まった。

「今日、妙なことがあってな」

今度は、菅井が百嘉のお静から聞いたことや両国広小路で牢人体の男に勝負を挑まれたことなどを話した。

「そやつ、腕は」

源九郎が訊いた。

「あの場で立ち合っていたら、斬られていたのはおれかもしれん」

「そうとうの手練《てだれ》だな。……栄吉を斬ったのは、そいつかもしれんな」

源九郎の顔がひきしまった。菅井の居合に後れをとらぬとなると、尋常な遣い手ではない。

「やつは、そのうちおれを斬る気でいるようなのだが、なぜか理由が分からぬ。あるいは、おれが百嘉のことを探ったからかもしれん。……今度の一件で、おれがしたことはそれだけだからな」

「そいつも、常蔵の仲間じゃァねえのかな」

孫六が目を細めて言った。

「そうともいえんな。茂次の一件とは手口がちがうし、掏摸の親分が用心棒を飼っているとも思えぬ」

菅井はうかぬ顔をした。

「たしかに妙だな。……常蔵なら、百嘉を探られてもどうということはあるまい。それとも、常蔵と百嘉に何かかかわりがあるのかな」

源九郎にも腑に落ちないことが多かった。

「華町、掏られた書状とは、いったい何なんだ。相手ははっきりせぬが、栄吉やおれたちの命まで狙ってくるとなると、何か特別ないわくがあるとしか思えんぞ」

「うむ……」

菅井が源九郎の方に顔をむけた。

たしかにそうだ。常蔵の対応も尋常ではなかった。手下に茂次を襲わせてまでして、探索を阻止しようとしているのだ。奥田にとって、大事な書状というだけではなさそうだ。それに、別に得体の知れぬ剣の手練までいるとなると、書状をとりもどすのも容易ではない。

どうするな、と源九郎があらたまった声で訊いた。今度は三人の視線が、源九郎に集まった。

「二両では、合わん仕事のようだ。手を引いてもかまわんぞ」

源九郎には、これ以上長屋の仲間を危険な目に遭わせたくないという気持もあった。

「旦那は、どうする気なんで」

孫六が訊いた。

「わしはやる」

源九郎は、ひとりになっても手を引くつもりはなかった。奥田や同門だった石川のためではない。自分自身とお吟のためである。このままでは、お吟がかわいそうだし、あの世で栄吉に合わせる顔もないのだ。

「へっへへ……。旦那、あっしは、もう二両使っちまいましたぜ。返《けえ》したくても、返せねえや」

孫六が首をすくめながら言った。

「あっしも、やられっぱなしじゃァ、腹の虫がおさまらねえ」

と、茂次。

菅井は、おれもやる、と言って、とがった顎をなぜた。

6

翌朝、源九郎は茂次の具合を見た後、浜乃屋に足を運んだ。お吟のことが気がかりだったのである。茂次や菅井にまで手を出してきたとなると、お吟の命も狙ってくるのではないかという気がしたのだ。

店先に暖簾が出ていなかった。表の引戸もしまっている。すでに、栄吉の初七日を終えていたので、お吟は使いにでも出たのかもしれない。

源九郎が引戸をあけようとしたが、心張り棒でもかってあるらしく戸は動かなかった。

「お吟、わしだ」

念のため、源九郎は戸をたたいて声をかけてみた。

すると、なかで物音がし、戸口の方へむかってくる足音がした。

「華町の旦那？」

お吟の声である。ほっとしたようなひびきがある。

「そうだ、源九郎だ」

「ちょっと、待って、すぐにあけるから」

すぐに、心張り棒をはずす音がし、戸があいた。

「だ、旦那、入って」

お吟は、手を取って源九郎をなかへ入れると、慌ただしく引戸をしめた。どうも様子がおかしい。女ひとりとはいえ、日中家へ引きこもって心張り棒をかっておくというのも、尋常ではない。

「ともかく、焼香をさせてもらおう」

そう言って、源九郎は仏壇のある座敷へ上がり、線香をあげて栄吉の位牌に手を合わせた。座敷といっても、栄吉が寝間に使っていた狭い部屋である。お吟の寝間は、襖で仕切られた奥にあるらしい。

「いったい、どうしたのだ」

あらためて、源九郎が訊いた。

障子に映じた陽射しが、お吟の顔を横から照らしていた。こわばった顔が、白蠟のように蒼ざめて見えた。父親を失った悲しみだけではないようだ。なにかに、怯えたような表情があった。

「あたしのこと、だれかが探っているようなんですよ」

「なに、まことか」

「はい、島七さんたちが来て、近所で浜乃屋やお吟のことを訊き歩いているやつがいるから用心しろって、教えてくれたんです。それに、あたしも、二度、戸口からなかを覗いている男を見ました」

「どんなやつだ」

源九郎は、常蔵の手下ではないかと思った。

「それが、お侍なんです。おとっつァんを殺したのは、その男かもしれない」

怯えているように見えたお吟の顔が、ふいにゆがんだ。父親を殺された恨みが、胸に衝《つ》き上げてきたのであろうか。

「侍だと、牢人か」

「いえ、羽織袴姿のお侍でした」

「うむ……」

菅井と接触した牢人ではないようだった。いずれにしろ、お吟をこのままにしておくのは危険だ、と源九郎は思った。

「お吟、しばらく身を隠すところはないか」

「いえ、あたし、おっかさんが死んでから、ずっとおとっつァんとふたりきりだったからここよりほかに行くところはありません」

お吟は、声を震わせながら言った。

「どうだ、お吟、長屋にくるか。わしのところだ」

源九郎には、お吟を匿《かくま》う場所として長屋しか思いつかなかった。汚い住居《すまい》だが、ここにいて命を落とすよりはいい。

「旦那のところへ……」

驚いたように、お吟が源九郎の顔を見た。

「汚いところだが、お吟さえよければ」

源九郎は、しばらく菅井か茂次のところへ居候するつもりでいた。

「……！」

こわばっていたお吟の頬が、ぽっと赤くなった。黒眸《くろめ》が、戸惑うように揺れている。お吟は、何か勘違いしているようだ。

「い、いや、わしの長屋だが、いっしょに住むわけではないのだ。わしは、知り合いのところへ移る」

言葉をつまらせて、源九郎が言った。ひどく狼狽し、顔が真っ赤になっている。源九郎の脳裏にも、よからぬ思いがかすめたのだ。

「だ、だって、それじゃァ……」

お吟は、急にしぼんだように肩を落として言った。

「なに、今度の一件の片が付くまでの間だ。それに、お吟、おまえにもしものことがあれば、栄吉の恨みも晴らせぬぞ。いまは、敵の手から逃れることが大事ではないかな」

源九郎が、さとすような口調で言った。

「それじゃァしばらく、旦那の世話になるよ」

お吟は視線を落としたまままちいさくうなずいた。

それから、お吟は身のまわりの物をまとめ、風呂敷二つにつつんだ。その後、源九郎も手伝って浜乃屋のとじまりをしてから、はぐれ長屋にむかった。

お吟が源九郎の部屋に落ち着いて、しばらくすると長屋中が大騒ぎになった。源九郎が若い女を連れ込んだと思ったらしく、女房連中から子供、年寄りまでが、入れかわり立ちかわり覗きにくる。

閉口した源九郎は、障子の破れ目から覗いているお熊らしい顔を目にすると、

「お熊、ちょっと入ってこい」

と、声をかけた。

すると、腰高障子があいて、浅黒い顔をしたお熊がのそりと入ってきた。大き

な目を剝いて、座敷に座っているお吟を見つめている。そのお熊の大きな体に隠れるように、おとよや他の女房たちが何人かくっついている。

「紹介しよう。お熊も聞いてるだろうが、先日亡くなった栄吉の娘のお吟だ。……不審な男に狙われていてな。わしが匿ってやることにしたのだ」

「へええ」

お熊の顔には、まだ不審そうな色があった。尻にくっついている女房連中も、脇から疑わしそうな目をむけている。

「よからぬことを勘ぐるではないぞ。わしは、茂次の部屋に厄介になるつもりだからな」

「………」

お熊の丸く剝いた目が、すこし細くなった。後ろをむいて、女房たちと何やらぼそぼそと話し、また前をむいた。その顔に、興ざめしたような色があった。

「お熊、それにみんなにも頼みがある。お吟を狙っているのは、茂次を襲った仲間とみておるが、この長屋にも来るかもしれん。不審な者を見かけたら、わしか菅井にすぐに知らせてくれ」

源九郎があらたまった声で言うと、お熊が腰を伸ばして、グッと顎を引いた。

「分かった。あたしらが、よそ者は近付けねえから」

声を大きくしてそう言うと、また後ろを振り向いて女房連中とうなずき合った。どうやら、お熊たちは源九郎の言を信じたようである。

「それからな、お吟のことも頼む。おれの身内と思って面倒をみてくれ」

源九郎が頼むと、

「旦那の身内なら、あたしらの身内も同じだよ。……お吟さん、何かあったら、あたしらに相談しておくれ」

お熊が座敷にいるお吟に声をかけた。

「はい、お世話になります」

お吟が、殊勝な顔で頭を下げた。

どうやら、これでお吟も長屋の住人として認められたようである。

7

「おみよ、行ってくるぜ」

孫六は、土間の流しで洗い物をしているおみよに声をかけた。

「おとっつァん、もう、年寄りなんだから、遠出はしないようにしてくださいよ」

　おみよは、小桶に手を入れたままつっけんどんに言った。

「分かってるよ、じゃァな」

　孫六は腰高障子をあけて外へ出た。

　……なんでえ、爺《じじ》い扱いしやがって。足腰だって、おめえよりしっかりしてるぜ。

　悪態をつきながら、孫六は路地木戸を通って表通りへ出た。

　このところ、娘のおみよは、孫六に子供にいい聞かすような物言いをすることがあった。孫六の体のことを気遣って言っているのだが、ときには腹立たしく感じることもある。だが、それに反発して、怒鳴り返すこともできなかった。孫六には、娘夫婦に世話になっている引け目があるのだ。

　……むかしは、おれも羽振りがよかったんだがな。

　孫六は歩きながら、番場町に住んでいたころのことを思い出していた。

　番場町界隈では腕利きの岡っ引きとしてとおり、下っ引きをつれて町を歩けば、女子供までまぶしそうな目をむけたものだ。それが、中風をわずらって引退してからすっかり気が弱くなり、いまは娘にまで年寄り扱いされている。

……だがよ、老いぼれて死ぬのを待ってるような暮らしはしたかァねえ。

孫六は、まだ、おれにもできることはあるんだ、と自分を鼓舞するようにつぶやいて、すこし足を速めた。

表通りへ出た孫六は、竪川沿いを東にむかって歩いていた。すこし左足をひきずっていたが、意外に速い。岡っ引きとして町筋を歩いていたとき鍛えられた足腰の強さが、まだ残っているのだ。

孫六は、清水町の横川縁で古着屋をひらいている喜八《きはち》という男を訪ねるつもりだった。茂次が常蔵の手下らしい男に襲われてから、直接常蔵の身辺を探るのはあぶないと思い、常蔵を知っていそうな連中のところをまわっていたのだ。

喜八は元掏摸だった。もっとも、そのことを知っているのは、孫六ぐらいしかいないだろう。七、八年前に足を洗い、いまは細々と女房と古着屋をやって暮らしている。

ちいさな店だった。店先にごてごてと古着がつるしてあり、奥の狭い座敷にちくねんと喜八が座っていた。孫六よりは若いはずだが、髷《まげ》も鬢《びん》も真っ白である。

喜八は店先にあらわれた孫六を見て、ハッとしたような顔をしたが、すぐに表情を消して腰を上げた。

「お客さん、安くしときますよ」

喜八はそ知らぬ顔で、孫六に近寄ってきた。

「その縞《しま》の単衣《ひとえ》を、見せてくれ」

そう言って、孫六は上がり框に腰を下ろした。

店先にぶら下がっていた単衣を手にして、喜八が近付き、いい物ですよ、と言って孫六に手渡しながら、

「それで、親分、何の用です」

と、小声で訊いた。

喜八は孫六が店に入ってきたときから、古着を買いに来たのではないと察していたようだ。

「ちょいと、訊きてえことがあってな」

「親分は、お上の御用から足を洗いなすったと聞いておりやすが」

喜八は不審そうな顔をした。

「なに、つまらねえことに首をつっ込んじまってな。ところで、おめえ、車坂の常蔵を知ってるな」

「へえ、まァ……」

喜八は言葉をにごした。孫六の用件が知れぬうちは、迂闊に答えられないということであろう。

「おれの知り合いがな。常蔵の身内に大事《でえじ》な物を掏られちまってな。そいつがもどらねえと、首をくくんなけりゃァなんねえ、とおれに泣き付いてきたのよ。それで、何とかとりもどしてやりてえんだ」

膝上の単衣に視線を落としながら、孫六が小声で言った。特別な話ではなかった。岡っ引きのなかには掏摸の親分とつうじている者もいて、町方から掏られた物をとりもどすよう命じられると、親分をとおして返させることもあったのだ。

「掏ったのは、女なんだ」

「へえ、女ねえ」

喜八が、孫六の方に顔をむけた。

「転びのお松じゃァねえかとみてるんだ」

「転びのお松……」

喜八の目が、急に細くなり刺すようなひかりを帯びた。掏摸だったころの目である。

「いま、お松は常蔵の情婦《いろ》らしいんだよ」

そのあたりのことは、茅町の与助から聞いたことだった。

「親分、相手が悪《わり》いや。とりもどすのは、むずかしいかもしれませんぜ」

喜八が声をひそめて言った。

「どうしてだい」

「お松は、一筋縄じゃァいかねえ女だ。あの常蔵だって、お松のいいなりになってるってえ話を聞いてますぜ」

喜八によると、お松は掏摸としての腕もいいが、男に蛇のようにからみつく毒婦だという。色仕掛けで男を骨抜きにし、自分の思うように食い物にするというのだ。

「そんな女なのかい」

孫六は、いやな相手だと思った。

「男もひとりだけじゃァねえはずで。……半年ほど前だが、柳原通りで牢人者と歩いてるのを見たことがありますぜ」

「牢人とな」

孫六の脳裏を菅井の話に出てきた牢人のことがよぎった。だが、牢人と歩いていたというだけでは、判断のしようもない。

「お松だが、大金が手に入るとみれば、掏摸の他にも手を出すような女かね」

掏った書状の中身にもよるが、いい強請《ゆすり》の種とみて、常蔵と組んで掏り取った旗本から金を脅しとろうとしているのではないか、と孫六は思ったのだ。

「お松ならやりますぜ。自分で手を出すことはねえが、殺しだってやるでしょうよ」

「そうかい」

常蔵一味とやり合うことになるかもしれねえ、と孫六は思った。

それから、孫六はお松や常蔵のことをいろいろ訊いてみたが、喜八もそれ以上のことは知らないらしかった。

「いい物だが、おれに似合いそうもねえ。また、来らァ」

そう言って、孫六は膝の上の単衣を喜八に返し、腰を上げた。

「むかしの親分らしくて、ほっとしやしたぜ」

喜八が目を細めて言った。

「おめえも、老け込むのは早えぜ」

そう言い置くと、孫六は丸くなった背筋をのばして店先から出ていった。

8

腰高障子のむこうで、女の話し声がした。二、三人いるらしい。ひそひそと小声で話しているので、内容までは聞き取れなかった。源九郎は、茂次の部屋の座敷で横になっていたが、女たちの声が気になって身を起こした。

すでに、五ッ（午前八時）を過ぎていようか。強い夏の陽射しが、障子を照らしていた。

茂次の部屋に転がり込んで、五日経つ。夜具がなくても寝られる季節だったので、寝間着に着替えると、茂次の横にそのまま寝ることが多かった。

……旦那に知らせた方がいいよ。このままでは、すまないからさ。……早くしないと帰っちまうよ。……いったい、いつまで寝てるんだろうね。

ときどき、お熊の声だけが聞き取れた。源九郎のことで、長屋の女房たちとやり合っているらしい。

「旦那、何かあったようですぜ」

茂次が土間で声をかけた。茂次は、すでに起きていて竈《かまど》に火を焚《た》き付けていた。めしでも炊くつもりらしい。このごろは、腹の傷も癒えてきたらしく、炊事や洗濯などは自分でやっていた。茂次は独り暮らしが長いせいもあって、女に負けないくらい家事もこなすのである。

「様子をみてみるか」

源九郎も気になって、身を起こした。

障子をあけると、すぐ目の前にお熊が立っていた。いっしょにいるのは、源九郎の部屋と壁隣りに住むお妙《たえ》という若い女房だった。

「どうしたな」

「だ、旦那、君枝さまがいらっしゃってますよ」

お妙が、困ったような顔をして言った。

「なに、君枝が。どこに」

君枝は、倅の嫁である。君枝は、ときどき長屋にも顔を見せるので、女房連中も顔を知っていた。季節の変わり目に衣類をとどけたり、華町家で孫の新太郎の節句などの催事があると知らせに来たりするのだ。

「決まってるでしょう、旦那の部屋に」

お熊が、身を乗り出して言った。

「わしの部屋か……」

源九郎は状況を察知した。君枝が、源九郎の部屋に来て、お吟と鉢合わせしたのだ。君枝は驚いて、何か言ったにちがいない。それを隣の部屋のお妙が聞きつけ、お熊のところへ飛んでいったのだろう。

「い、いま、君枝はどこにおる」

源九郎は慌てた。いらぬ誤解をしたまま君枝が屋敷にもどれば、騒ぎが大きくなる。

「ふたりで言い合ってるのが聞こえたから、まだ旦那のとこにいると思うけど……」

お妙が言った。

「茂次、様子を見てくるぞ」

そう言い置いて、源九郎は走り出した。

長屋の男たちの多くは、稼ぎに出ているらしく、子供や女の声が聞こえるだけで、ひっそりしていた。夏の陽が長屋の棟の間に射し込み、くっきりとしたひかりの条《すじ》を刻んでいた。そのひかりのなかに君枝の姿があった。怒っているらしい。泥溝板《どぶいた》を踏み付け、両肩を振るようにしてこっちへやって来る。

「待て、君枝、わしに用か」

源九郎が声をかけた。

君枝は、その声に足をとめ、前方に源九郎が立っているのを目にすると、足早に近寄ってきた。もともと色白の豊頬《ほうきょう》で、おかめのような顔をしているのだが、さらに頰をふくらませ河豚《ふぐ》のような顔をして目をつり上げていた。

「お義父《とう》さま、どういうことなんです。若い女の方といっしょにお住まいなど、一言もおっしゃらなかったじゃないですか」

君枝は癇癪《かんしゃく》をおこしたような甲高い声を出した。

「これには、わけがある」

「どういうわけです」

「話すと、長くなるが……。君枝、ここはまずい。ちと、こっちへ」

ちかくに、ごみ溜《ため》があった。陽気のせいか、異臭を放っている。おまけに、夏の陽射しも照り付けていた。こうした悪条件のなかで、君枝を納得させ機嫌をもどすのはむずかしい、と源九郎は思ったのだ。

長屋の住人が使う釣瓶井戸《つるべいど》のそばに、欅《けやき》が深緑を茂らせていた。その樹陰に君枝をひっぱっていった。近くの棟の陰からお熊とお妙が覗いていたが、君枝は背をむけていたので、見えないはずだ。

「君枝、実をもうすとな、あの女は命を狙われておるのじゃ。嘘ではない。君枝も永代橋のちかくで男が斬り殺されていたという話を聞いておろう。あの女は、お吟ともうしてな、殺された男の娘なのだ」

華町家のある六間堀町と栄吉の死骸が発見された大川端は、それほど離れていない。君枝も噂ぐらい耳にしているだろうと思ったのである。

「ええ……」

君枝はうなずいた。

「殺された男の名は栄吉、わしとな、将棋仲間だったのじゃ。その栄吉が殺される三日ほど前にな、自分にもしものことがあったら、娘の身を守ってはもらえまいか、と頼まれていてな。それで、ひとまず、わしの部屋に住まわせていたのだ」

まさか、掏摸の親分だったとはいえない。将棋仲間も、依頼のことも源九郎の思いつきだった。

「……」

君枝は、ほんとかしら、という目で源九郎を見た。頬のふくれは、いくぶん元にもどっているが、まだ源九郎の言を信じてはいないようだった。

「わしが、潔白であるという証拠があるぞ」

源九郎がすこし語気を強くした。

「わしは、お吟が来てから同じ長屋の茂次という男の部屋に居候しておる。君枝、下心があって若い娘を部屋に引き込んだのなら、わしが他の男の部屋で寝泊まりすると思うか。どうだな」

「ほんとですか」

「現にいまも、わしは、その部屋から来たのだ。君枝が信じられぬなら、茂次の部屋へ連れていってもよいぞ」

「い、いえ、そこまでは……」

君枝は左手でかかえた風呂敷包みを右手の指でつまみながら、視線を落とした。気まずいような顔をして、モジモジしだした。形勢が逆転してきたようである。

「まさか、いかがわしいことを思いめぐらしたわけではあるまいな」

源九郎はとどめを刺すように言った。

「そ、そんなこと……」

君枝の顔が赤くなり、困ったように視線が揺れた。

源九郎は、これ以上君枝を困らせるのもかわいそうだと思い、

「お吟は父親を殺されて身よりもない。それに、ここにいるのも短い間だ。君枝も、力になってやってくれ」

そう頼むと、君枝はほっとしたような顔をしてちいさくうなずいた。

「ところで、君枝、今日は何用かな」

声をあらためて訊いた。

「お義父さまに、浴衣《ゆかた》をお持ちしたのです。旦那さまと、新太郎とお義父さまと、同じ生地で縫ったのですよ」

君枝が、ニッコリして言った。

第三章　強請《ゆすり》

1

縄暖簾は出ていたが、店内に客はいなかった。松坂町の回向院《えこういん》のそばにある亀楽《きらく》という小体《こてい》な飲み屋である。まだ、七ツ（午後四時）が過ぎたばかりで、陽射しも強かった。酒を飲むには、早い時間なのであろう。

源九郎は板場《いたば》を覗き、あるじの元造《もとぞう》に三人分の酒と肴《さかな》を頼むと、

「座ってくれ、ここなら、安心して話ができる」

そう言って、先に飯台《はんだい》の空樽に腰を下ろした。

狭い店内を見まわしていた石川孫四郎と岩倉俊蔵が、源九郎の向かいに腰を落とした。

さきほど、石川と岩倉がはぐれ長屋に源九郎を訪ねてきたのだが、腰を落ち着けて話す場がなかったので、ここへ引っ張ってきたのである。

亀楽は、源九郎たち長屋の男たちが贔屓《ひいき》にしている店だった。元造とお峰という通いの婆さんだけでやっている店で、愛想は悪いし、肴は漬物に煮しめがあればいい方である。ただ、酒は好きなだけ飲ませるし、なにより安価なのがいい。はぐれ長屋とちかいこともあって、源九郎たちは亀楽にちょくちょく顔をだす。

「どうしたな」

源九郎が訊いた。

長屋に来たときから、石川と岩倉の顔はこわばり、何か難事がもちあがったことは明らかだった。

「華町、事態が切迫してきてな。どうしたものかと、相談にまいったのだ」

「何かあったのかな」

「昨夜、屋敷に投げ文があった。それには、書状を三百両で買い戻してくれ、と認《したた》めてあった。書状は三通ゆえ、一通百両のつもりらしい」

「三百両でな。それで、相手は」

やはり、金が狙いか、と源九郎は思った。

「名はなかったが、常と一文字だけ記してあった」

「常蔵のようだな」

「華町、常蔵とは何者だ」

「掏摸《すり》の親分だ」

源九郎は、奥田兵部之介のふところから書状を掏《す》り取ったのが女掏摸のお松らしいことと、お松の情夫《いろ》が常蔵であることなどをかいつまんで話した。

「すると、奪われた書状は常蔵なる者が所持しておるのだな」

「そのようだな」

源九郎がそう言ったとき、板場の方から元造があらわれた。三人は口をつぐみ、元造が酒肴を並べる手元を見ていた。

肴は、烏賊《いか》の煮付けと茄子《なす》の漬物である。元造は無愛想だった。何も言わず、三人の前に並べると、さっさと板場の方へ引き上げてしまった。

源九郎たちには、その方が都合がよかった。気兼ねなく話ができるのである。

「ともかく、一献」

源九郎が銚子を取った。

石川と岩倉は、猪口《ちょく》を手にして酒をついでもらったが、さすがに飲む気にはなれないらしく、そのまま飯台の上に置いてしまった。

「それで、そちらの考えは。三百両渡すつもりなのか」

源九郎は、一口酒を飲んでから訊いた。

「その投げ文には、要求をこばんだり、町方にとどけたりすれば、しかるべき所へ書状を届けると記してあった。殿は、三百両で済むなら、買い戻せとおおせられているのだが……」

石川は語尾を濁し、困惑したような顔をした。

「何か他に懸念でもあるのか」

「金を渡して、すんなり返してくれればいいのだが」

「相手は、掏摸だ。大身の旗本を相手に、そこまで豪胆ではあるまい」

手下をかかえた親分とはいえ、千石の旗本を脅すだけでも尋常ではない。金をせしめた上で、さらに奥田家を強請《ゆす》るとは思えなかった。

源九郎がそのことを話すと、

「それはそうなのだが、気がかりなことがあってな」

そう言って、石川は眉《び》宇《ぅ》を寄せた。

「気がかりなこととは」

「常蔵なる掏摸が、なにゆえ奥田家にとって大事な書状と知ったのか、それが気になってな」

そう言って、石川は飯台の猪口に手を伸ばした。そして、猪口を手にしたまま考え込むように視線を落とした。

「石川、この際、おれもはっきりさせておきたいことがあるのだ」

源九郎が強い口調で言った。

その語気に、石川と岩倉が顔を上げて源九郎を見た。

「その書状とはなんなのだ。それを、話してくれ」

源九郎は、書状に記されたことを知りたかった。その内容によって、常蔵の出方も分かるし、なぜ奥田が料理茶屋の帰りに所持していたかも推測できるのだ。

「そ、それは、大事な密書で……」

石川は、困惑したような顔をして言葉を濁した。

「当方にとっても、事態は切迫しているのだ。そこもとたちも耳にしていようが、お吟の父親の栄吉なる者が殺害され、さらに、お吟も命を狙われている。当方も、常蔵を放置しておくわけにはいかんのだ」

「……」

石川は、まだ言いしぶっていた。

「おぬしが、話さぬなら、こっちは勝手に常蔵を襲って斬るぞ。その結果、書状がだれの手に渡ろうと、かまわぬ」

源九郎の声には、決意のこもった重いひびきがあった。

2

「わ、分かった。話そう。……実は、書状とは、起請文《きしょうもん》と艶書《えんしょ》なのだ」

「起請文と艶書とな」

源九郎は驚いた。大事な密書というからには、御目付の立場で知り得た幕府の秘事か、大身の旗本の悪事でも記されているものと想像していたが、起請文と艶書だという。

「いや、驚くのは無理もない。だが、わが奥田家にとっては、今後の存続を左右するような大事な書状でな」

石川の話によると、当主の奥田兵部之介は、同じ御目付の堀山幹之助《ほりやまみきのすけ》に誘われ百嘉に行くようになったという。堀山は奥田と同年輩で、ともに御目付のなかでも将来を嘱望されている俊英とのことだ。

堀山は奥方がいたが、奥田は独り身だったこともあって、百嘉に出入りするうち女将のおれんに懸想《けそう》したという。そして、おれんに求められるままに艶書をやり取りするようになったが、そのなかには、ちかいうちに奥方として奥田家へ迎え入れる約定をした起請文まであるとのことだ。

「まだ、独り身なら約定どおりいっしょになったらよかろう」

奥田がそれほど気に入っているなら、相手が町人の女でも、しかるべき家筋と養子縁組させた上で迎え入れる方法もあろう。奥方として無理なら、妾という手もある。

「それが、できぬのだ。実は、勘定奉行、内藤隼人正《ないとうはやとのしょう》さまのご息女、琴江《ことえ》さまと殿の間で縁談がまとまり、来春にも婚儀がおこなわれることになっているのだ。……それに、殿がおれんどのに心を寄せたのも、ほんの一時の気紛れでござって、艶書も戯れに書いたとのこと。もとより、本心から奥方として迎え入れるお気持はなかったようなのだ」

「それで」

起請文と艶書が内藤家に渡れば、縁談に水を差すことになるかもしれない。だが、それで奥田家の将来や御目付の役職まで危うくなるとは思えなかった。

「内藤さまは、殿が御目付になられるときも、強く推挙していただいたお方でござる。しかも、謹厳実直であられ身内の素行にもことのほか厳しいとか。……そのようなお方なので、破談だけではすむまい。旗本の範たるべき御目付としては、看過できぬ行状とみなし、糾弾するために、率先して幕閣に働きかけような」

石川によれば、内藤家は代々勘定奉行などを勤める家柄だという。

「内藤さまの後ろ盾があれば、将来勘定奉行への道もひらけるが、睨まれれば御目付の職も危うくなろう」

「うむ……」

それで、戯れの艶書も、奥田にとっては己の首を絞めるほどの書状ということになるのか。

「あの夜、殿はおれんどのと交わした問題の書状を、返してもらうため百嘉に出向いたのでござる」

石川がつづけた。

「それで、供を帰し、ふたりだけで会ったのか」

「そうだ。……殿の話では、おれんどのは気持よく、いままでの艶書を返してくれたとか。ところが、揉《も》め事もなく起請文と艶書をとりもどした安堵と多少の酔いもあって、殿は書状をふところに入れ、ひとりで帰る気になられたとか。その途中、大川端で掏摸に遭ったのだ」

「掏られたのは、起請文と艶書だけか」

「いや、二通の艶書と一通の起請文。それに、十両ほどの金の入った財布とか」

「十両か。……となると、おぬしの疑念も分からぬではないな」

この時代、十両盗めば死罪といわれていた。それだけの金額を手にすれば、証拠となる書状はその場で始末してしまうのではないか。書状の中身を読み起請文や艶書と気付いたとしても、石川のいうように、お松にその書状の持つ大事さが分かったとは思えない。

「あるいは捨てずに持って帰り、常蔵が見て、金になると踏んだのかもしれんな」

源九郎が、つぶやくような声で言った。源九郎にも、お松たちの狙いがはっきり読めなかった。

「それで、三百両なのだが、六月二十日、卯ノ上刻（午前五時過ぎ）、神田花房《はなぶさ》町にあるお駒《こま》稲荷へ持参しろと認めてあったのだ」

六月二十日は、今日より三日後である。まだ、町が動き出さない払暁ごろに金を受け取る算段なのだろう。

「お駒稲荷……」

初めて、聞く名だった。

「神田川沿いにあるちいさな稲荷だ」

すでに、石川はその稲荷を見てきたという。小さいが、祠の周囲を枝葉を茂らせた檜《ひのき》が囲い、人目を忍んで会うにはいい場所だった。

お駒稲荷の由来は、お駒という名の娘が、想いを寄せた佐太郎《さたろう》という手代とその稲荷を逢引に使っていたが、佐太郎が別の女に懸想するようになり、悲観したお駒が境内で首をくくって死んだという。その後、界隈ではお駒稲荷と呼ばれるようになったとか。

「ともかく、三日後、三百両を稲荷に持参するつもりでいる」

石川が言った。

「それで、おれに何をしろと」

石川と岩倉は、常蔵から投げ文があったことを知らせに来たのではないだろう。

「相手がどのような手でくるか、読めぬ。それで、おぬしにも同行してもらいたいのだ」

「よかろう」

「かたじけない」

「当方には、菅井紋太夫という居合の遣い手がいるので、同行させたいが」

場合によっては、斬り合いになるかもしれない。それに、栄吉を斬った下手人も姿を見せる可能性もあった。

「そうしてもらうと助かる」

石川はすこし表情をやわらげ、猪口を口に運んだ。岩倉も、烏賊の煮付けに箸をのばした。

「問題の書状をとりもどした後、常蔵たちはどうする」

源九郎が訊いた。

「できれば、始末してもらいたい。その者たちが捕らえられ、町方に探られるようなことは避けたいのでな」

「分かった」

それから小半刻（三十分）ほど三人で策をめぐらせたとき、腹がけに股引姿の職人らしい男がふたり店に入ってきて、ちかくの飯台に腰を下ろした。それを潮に、源九郎たち三人は腰を上げた。

店の外は夕闇につつまれていた。家並から灯《ひ》が洩れて路上に淡いひかりを落とし、酔客らしい人影が何か喚《わめ》きながら歩いているのが見えた。

「金は問題の書状と引き換えに渡すんだな」

縄暖簾をくぐったところで、源九郎が念を押すように言った。

「そのつもりでいる」

石川が小声で答えた。

3

腰高障子がひらき、菅井が姿を見せた。どこから引っ張り出したのか、色褪せた茶の裁着袴《たっつけ》に草鞋《わらじ》履きだった。障子のむこうはまだ夜陰につつまれ、長屋の住人は寝静まっている。

「華町、茂次、そろそろ出かけようか」

菅井が土間から声をかけた。

今日は、お駒稲荷で常蔵たちに三百両を渡す日だった。石川たちに会った後、菅井だけでなく茂次にも事情を話すと、傷が治ったので、おれも行く、と茂次が言い出し、三人で行くことにしたのである。

すでに、源九郎と茂次の準備はできていた。もっとも、準備といっても源九郎は刀の目釘をあらため草鞋で足元をかためただけだった。茂次も黒半纏に股引というふうにいつもより身軽な格好になっただけである。

東の空にわずかな黎明のきざしがあったが、町筋の家並は夜の帳《とばり》につつまれていた。通りに人影はなく、ひっそりと静まりかえっている。

源九郎たちは両国橋を渡り、広小路を抜けて、柳原通りを筋違《すじかい》御門の方へむかった。日中は賑やかな通りだが、人影はまったくない。ただ、しだいに東の空が明るくなり、家並もその輪郭を見せはじめていた。

神田川にかかる和泉《いずみ》橋のたもとで、石川と岩倉が待っていた。岩倉が風呂敷包みを手にしていた。なかに三百両入っているらしい。

「この男は、茂次という男だ。何かと役に立つので同行した」

源九郎が茂次をふたりに紹介した。

石川と岩倉は、無言でうなずいた。緊張しているらしく、顔がこわばっている。

「手筈どおり、ふたりは先に行ってくれ」

源九郎が言った。大勢で押しかければ、常蔵たちは姿を見せないかもしれない。源九郎たち三人は、常蔵たちに気付かれぬよう稲荷に近付く手筈になってい
た。そこから石川と常蔵たちのやり取りをうかがい、起請文と艶書をとりもどせ
ば、飛び出して常蔵たちを斬り、渡さぬ場合は取り押さえることになっていた。

「承知した」

石川と岩倉は、先に和泉橋を渡った。

そろそろ卯ノ上刻であろうか。東の空がかすかな茜《あかね》色に染まり、上空は青さを増してきていた。町筋は乳白色の大気につつまれていたが、家並の軒下や物陰にはまだ夜陰が残っていた。朝の早い魚屋や豆腐屋であろうか、起き出したらしく、遠方でハタハタと戸のあく音が聞こえた。

石川と岩倉が、お駒稲荷の鳥居をくぐって祠《ほこら》の方へ入って行く。

「いくぞ」

源九郎は声をかけ、家並の軒下や物陰をたどって稲荷の方へ近付いた。菅井と茂次が後につづく。

源九郎たち三人は通りに面した鳥居はくぐらず、下見をしてつかんでおいた町家の板塀の間の狭い路地をたどって稲荷の後ろにまわった。そして、祠の裏に身

をひそめた。

床下が低いため、石川たちの様子を見ることはできなかったが、やりとりの声は聞こえるはずだった。まだ、常蔵たちはあらわれないらしく、境内は森閑としている。

念のため、源九郎は袴の股だちを取り、刀の下げ緒で両袖をしぼった。菅井も襷をかけた。茂次は地面に這うようにして、祠の床下から前を見ていた。石川たちふたりの足だけは、見えるようだ。

「来たようだぞ」

茂次が、小声で言った。

祠の方へ近寄ってくる足音が聞こえた。ふたり、雪駄履きのようである。

「ふたりだけか」

源九郎が小声で訊いた。

「へい、近寄ってくるのはふたり、ほかにはいねえようで」

「よし、菅井、稲荷の鳥居の方にまわってくれぬか。挟み撃ちにしよう」

「分かった」

菅井は急いで杜《もり》を抜け、板塀の間の路地を通って稲荷の正面の方へむかった。

石川と岩倉は、鳥居をくぐって近付いてくる人影を目にした。ひとりは、唐桟《とうざん》の羽織に角帯姿で、大店の主人といった感じの恰幅のいい男である。もうひとりは三十がらみ、着物を尻っ端折《ぱしょ》りし雪駄履きで、遊び人のような格好だった。

ふたりは、石川たちと三間ほどの間を置いて足をとめ、あたりの様子をうかがうように視線をまわした。

「投げ文にあった常とかもうす者か」

石川が誰何《すいか》した。

「常蔵ともうしやす。おふたりが、奥田さまの使いの方で」

常蔵が低い声で訊いた。

「そうだ。常蔵、書状は持ってまいったか」

「へい、そちらのお方の手にしているのが、三百両ですかい」

常蔵が底びかりのする目を岩倉の方へむけた。

「金は書状と交換で渡す。それで、よいな」

「結構でございますとも、お約束の色文《いろぶみ》は、ここに」

そう言って、常蔵はふところから分厚い奉書紙を取り出した。なかに二通の艶書と一通の起請文がしまってあるらしい。

「では、受け取れ」

石川と岩倉は、ゆっくりと常蔵の方へ近付いた。

ふたりとの間が二間ほどに狭まったとき、

「おっと、そこでとまっておくんなせえ」

常蔵がそう言って、石川たちの足をとめさせた。

「おひとりだけ、金を持って、こちらへ来ていただきてえんで。近寄った途端にバッサリなんてなァ御免でしてね」

常蔵がうす嗤いを浮かべながら言った。

「いいだろう」

石川が岩倉から風呂敷包みを受け取り、常蔵のそばに近寄った。

一歩前に出て、常蔵が奉書紙を石川に渡し、同時に石川から風呂敷包みが常蔵に渡った。ふたりは数歩後じさり、手早く、中身を確認し合った。

石川は奉書紙をひらき、なかに目的の三通の書状が入っているのを確認すると、

「確かに、書状は受け取った！」

と、大声を上げた。

4

石川の声を聞きつけた源九郎と茂次は、祠の裏から駆け出した。常蔵と三十がらみの男が、驚いたように目を剝いて、身をかたくした。そして、逃げ場を探すように振り返ったが、後ろからも菅井が駆け寄ってくるのを見て逃げられぬと観念したのか、

「こういうことかい」

と、常蔵が吐き捨てるように言って、手にした風呂敷包みを前に放り出した。

「てめえは！」

茂次が声を上げた。

三十がらみの頰に傷のある男に、見覚えがあった。茂次を襲った集団の兄貴格だった男である。

「これは、これは、あのときのお兄《あに》いさんで。……腹の傷は治ったようで、ようござんしたな」

三十がらみの男は、うす嗤いを浮かべて言った。

「常蔵、おまえに訊きたいことがある。栄吉を斬ったのは、だれだ」

源九郎が常蔵の前に立って訊いた。茫洋とした顔ではない。剣客らしい凄味のある顔である。

「さァ、てまえには何のことか分かりませんな」

常蔵は顔をこわばらせていたが、口元にはふてぶてしい嗤いがあった。

「いわねば、この場で斬り捨てるぞ」

源九郎は腰の刀に手を添え、恫喝するように言った。

「斬れるものなら、斬ってみなせえ。……こんなことだろうと、こっちも用意をしてきましたんでね」

「なに」

「おめえさんたち、ここに来るとき見ませんでしたかい。稲荷のすぐ前の神田川の桟橋に、猪牙《ちょき》舟が一艘つないであったはずですぜ。その舟に、頬っかむりした船頭がふたり乗っていたでしょう」

「船頭がどうした」

「てまえの手下でしてね。一刻（二時間）経っても、てまえが舟にもどらなかったら、三通の色文を、町奉行所、勘定奉行のお屋敷、さる御目付のお屋敷へ、それぞれ届けることになっておりましてな。それで、よければ、バッサリやっておくんなせえ」

常蔵の声には、威嚇するようなひびきがあった。

「でたらめを言うな。ここに三通ともあるではないか」

石川が怒りに声を震わせて言った。

「相手は、大身のお旗本ですぜ。こんな所へ本物の色文を持って、のこのこやって来ると思っていたんですかい。その色文、よく見てみなせえ。てまえが、近所の手習い師匠に頼んで、似たように書いてもらったものですよ。よく見れば、筆跡が多少ちがっているのに、気付いたはずですがね」

「なに」

石川は慌てて手にした奉書紙をひらいた。そして、書状を食い入るように見つめていたが、その手がぶるぶると震え出した。顔も血の気が失せたように蒼ざめている。

「やっと、お気付きになったようで。……今回は、おまえさん方の出方を試させてもらったんですよ」

「う、うぬ……」

「そのかわり、三百両はお返ししやすぜ。今回は、痛み分けってえことにいたしやしょう。利根吉《とねきち》、帰らせてもらおうや」

三十がらみの男は、利根吉という名らしい。その利根吉とともに、常蔵は源九郎の方をむいたまま後じさった。

源九郎も菅井も動かなかった。いや、動けなかったのである。それというのも、常蔵が嘘を言ったとは思えなかったからだ。

「な、なんたる失態……」

常蔵と利根吉の姿が鳥居のむこうに消えると、石川ががっくりと肩を落とした。

「仕方あるまい。常蔵も初めから本物の書状は持ってきてなかったのだ。三百両奪われなかったことで、よしとせねばなるまい」

源九郎がなぐさめるように言った。

「まさか、起請文と艶書を町奉行や勘定奉行に届けるようなことはあるまいな」

石川が足元の風呂敷包みを拾い上げて、不安そうに言った。

「それは、ないと断言できる。届けてしまえば一文にもならぬからな。それに、掏り取ったことが露見すれば、きゃつらが町方に掏摸として追われる羽目になろう」

「……」

「だが、やつら、さらに巧妙な手でくるぞ」

こちらの出方を試した以上、常蔵はじゅうぶん対抗策を練ってくるはずだった。

「われらは、あやつの出方を待っているしかないのか」

これまで黙っていた岩倉がくやしそうに言った。

源九郎は口にしなかったが、こちらから仕掛ける手もあると思っていた。常蔵の手下を痛めつけて、起請文と艶書の在処《ありか》を探り出して奪うのである。

それから二日後、ふたたび石川がはぐれ長屋に姿を見せた。今度は、ひとりだった。源九郎は、石川を茂次の部屋の上がり框に腰を下ろさせて話した。

茂次は研師《とぎ》の仕事に行くといって長屋を出ていたが、目的は仕事より常蔵の身辺を探るためであった。

「華町、昨夜、また常蔵から投げ文があった」

石川は顔を曇らせて言った。

「きたか、それで、常蔵の要求は」

「起請文と艶書の買い取り料、千両。この文がとどいた日より、七日後、場所はお駒稲荷の前の桟橋。金を持参するのは、ふたりだけ、と記してあった」

「千両か、ふっかけたな」

初めから常蔵の狙いは千両だったのだろう、と源九郎は察知した。七日と期限をとったのは、奥田方に金を用意させるためであろう。

「それで、奥田さまはどうする気だ。千両出すつもりなのか」

「千両は大金だが、無理をしてもとりもどしたいご意向だ」

「うむ……」

奥田にとっては、勘定奉行の娘の琴江を妻に迎えることは、現在の禄高や御目付の役職を守るだけでなく、勘定奉行からさらに幕閣の要職へと将来の栄進が約束されることでもある。そのため、ただの艶書ではない。奥田家の命運を左右する重大な書状なのだ。千両出しても、とりもどしたいと思うのは当然かもしれない。

「だが、常蔵は本物の書状を持参するだろうか」

石川は不安そうだった。

「同じ手を二度使うとは思えぬ。今度は、本物を持ってくるだろう」

常蔵が桟橋を指定したのも、受け取った千両箱を舟で運ぶつもりだからだろうと推測した。今度は、常蔵も本気なのだ。

「千両と引き換えに、艶書を渡してくれればいいのだが」

「渡すと思うが」

源九郎は、言葉を濁した。

お駒稲荷で常蔵と会ったときから、源九郎の胸にひっかかっている疑念があった。それは、常蔵が三通の書状を奉行所、勘定奉行のお屋敷、さる御目付のお屋敷へそれぞれとどけると口にしたことである。

町奉行所はともかく、奥田家は勘定奉行と同職の御目付にとどけられるのを恐れているはずだが、常蔵のような掏摸が、どうしてそのことを知ったのか、という疑念である。

……常蔵に知恵をつけた者がいるのかもしれぬ。

源九郎は、そう感じた。

常蔵やお松をあやつっている黒幕が、いるのかもしれない。源九郎は、千両渡しても始末はつかないような気がした。背後に黒幕がいるなら、狙いは金だけではないような気がしたのだ。

5

茂次は水を張った研ぎ桶《おけ》を脇に置くと、木製の床几《しょうぎ》に腰を下ろした。そして、仕立箱のなかから荒砥《あらと》を取り出して水を垂らし、おもむろに包丁を研ぎ出した。

浅草阿部川町、長屋につづく路地木戸の前である。茂次の座った場所から家並越しに以前常蔵が入っていった仕舞屋の屋根が見える。

茂次は手ぬぐいで、頰っかむりして顔を隠していた。常蔵の子分に顔を見られないための用心である。

「姐《あね》さん、すぐ研ぎ上がりますぜ」

茂次は、前にしゃがんでいる長屋の女房に声をかけた。この女が茂次に包丁と鋏《はさみ》の研ぎを頼んだのである。

「やだァ、姐さんだなんて。あたし、子供がふたりもいるんだよ」

でっぷり太った三十がらみの女は、顔を赭黒《あかぐろ》く染めて声を上げた。

「ふたりもいるのかい。そんなふうには見えないねえ。この辺りは初めてだし、端《はな》から姐さんのような客が来てくれたし、あっしも運がいいや。研ぎ代も、安くしやすぜ」

茂次は、しきりに愛想をふりまいた。

こうやって、刃物を研ぎながら近所の女房連中から巧みに話を聞き出すのが、茂次の探索方法である。

「ところで、この先に生垣をめぐらせた小綺麗な家があるだろう」

茂次は研ぎの手をとめ、家並の向こうの仕舞屋を指差した。

「ここに来る前、あそこの家の前を通ったんだが、姐さんと同じようにいい女が入っていったぜ。ありゃァ、どこかの旦那の情婦《いろ》じゃァねえのかな」

茂次は意味ありそうな目を女房にむけ、声をひそめて訊いた。

「さァ、どうかね。……どうみても、まっとうな女じゃないね。あたしらと顔を合わせると、横をむいちまうんだから」

女房は露骨に顔をしかめた。

「で、女の名を知ってるかい」

「お松とか呼ばれてたのを聞いたことがあるよ」

女房は、茂次の研ぐ手元を見ながら言った。

「なかで、男の声がしたぜ」

「いつも、そうさ。それも、ひとりやふたりじゃないんだよ」

女房は目をひからせて、茂次のそばに身を寄せた。この手の噂話が、長屋の女房連中を最も夢中にさせるようである。

「何人もの男がいるのかい」

「それも、年配から若いのまでいろいろ。地まわりみたいな人相のよくないやつから牢人までいるんだよ」

「牢人もいるのか」

菅井が話していた牢人のことが、茂次の頭をよぎった。あるいは、お松とつながっているのかもしれない。

「あたしら、妾じゃないとみてるんだよ」

「囲い者じゃァねえっていうのかい」

「そうさ、大きい声じゃいえないけどね。あの女が、男をくわえ込んで稼いでるんじゃァないかね」

女房の顔に、憎悪の表情が浮いた。

「そうかい。うっかり、近寄れねえなァ」

「あたしもね、亭主に、あんな女にひっかかったら、尻の毛まで抜かれちまうからって、釘を刺してあるのさ」

そう言って、女房は腰を上げた。茂次が包丁を研ぎ終えて鋏を手にしたのを見て、おしゃべりが過ぎたと思ったようである。

「鋏はすぐですぜ。長屋にとどけるのも手間がかかる。待ってくれれば、鋏の方は十文引いときやすぜ」

通常、包丁や鋏の研ぎ代は二十文だった。それを、半値にするというのだ。茂次は、女房を引き止めておいて、もうすこし話を聞き出したかったのだ。

「そうかい、悪いねえ」

女房は、またしゃがみ込んだ。

「でもよ、男をくわえ込むのは夜だけだろう」

茂次は、仕舞屋にいつごろどれほどの男たちが集まるのかを知りたかった。

「それがさ、昼間っから男がいるようだよ。よくない連中が集まってるときもあるようだし、怖くて近寄れないよ」

「昼も、夜もかい。よく体が持つねえ。……ところで、女が家へ入るときにな、そばにいた男に、懸想文《けそうぶみ》がどうしたとか、話してたんだが、男を誑《たら》し込むのに色文まで使うのかい」

そんな話を耳にしたわけではない。茂次がもっとも知りたかったのは、艶書をお松が持っているかどうかだった。そのことを訊くために、適当に話を作ったのである。

「そんな話、聞いたことないねえ」

女房の顔に、不審そうな表情が浮いた。茂次の問いに、世間話とは異なる色合を感じたのかもしれない。

「ああいう女は、いろんな手を使うっていうからなァ」

茂次はそう言って、鋏を研ぐ手をせわしなく動かした。

その後も、それとなく出入りする男のことやお松のことを訊いてみたが、それ以上役にたつような話は聞き出せなかった。

茂次は、研ぎ上がった鋏を渡すと、女房から研ぎ代をもらい、仕事道具を片付け始めた。

そのままはぐれ長屋にもどろうかと思ったが、念のためもう一度仕舞屋を覗いてみるつもりで、堀沿いの道から細い路地へ入った。

用心のため、茂次は生垣からかなり離れた町家の板塀の陰に身を隠して仕舞屋に目をむけた。そこからだと、生垣と出入りする枝《しお》折り戸がちいさく見えるだけである。

……おや、女がいるぜ。

茂次は、枝折り戸から五、六間離れた板塀の陰に女がいるのを目にした。お松かと思ったが、そうではないらしい。茂次と同じように、枝折り戸から出入りする者を見張っているようなのだ。

……ありゃァ、旦那んとこにいるお吟さんじゃァねえか。

はっきりしなかったが、体つきがお吟に似ているような気がした。

茂次は、周囲に目をくばりながら女のいる方へ近寄った。やっぱり、お吟だった。板塀の陰から、枝折り戸を見つめている。

「お吟さん」

茂次は背後から近付き小声で言った。

お吟は、ギョッとしたように身をかたくして振り返ったが、頬っかむりした男が、茂次であることに気付くと、ほっとしたように、茂次さん、何でこんなところに、と訊いた。

「そいつを訊きてえのは、あっしの方で。とにかく、ここは危ねえ。あっしがやられたのは、この家を見張っていたからですぜ。……さァ、こっちへ」

茂次は、すぐにお吟を連れてその場を離れ、人通りのある堀沿いの道へもどった。

「お吟さん、あそこで何をしてたんです」

あらためて、茂次が訊いた。

「常蔵があの家に入ったので、おとっつァんを斬った男もいるんじゃァないかと思って」

お吟によると、長屋で耳にした源九郎や茂次たちの会話から、父親の殺しに常蔵がかかわっているのではないかと思い、昼間だけ長屋から出て常蔵を見張っていたという。

「それで、常蔵の後を尾け、あの家に入るのを見たんですよ」

お吟は口にしなかったが、むかしの掏摸仲間を訪ね、常蔵の住んでいる車坂町の小間物屋のことや常蔵がお松という女掏摸を囲っていることなどを探り出していたのである。

「そいつは、危ねえ。あの家には、常蔵の手下が何人も出入りしていやす。見つかったら命が、ありませんぜ」

「……」

お吟は、顔をこわばらせて視線を落とした。

「なに、ちかいうちに、あっしたちが栄吉さんを殺したやつをつきとめやすから、お吟さんは長屋にいてくだせえ」

「でも、長屋のみなさんに世話になっているだけでは……」

お吟は、困惑したような顔をした。お吟にすれば、早く父親の敵を討ちたいだろうし、長屋の住人の世話になっているのも心苦しいのだろう。

「お吟さんが、あいつらの手にかかったら、華町の旦那もがっかりしますぜ。ともかく、今日のところは長屋にもどりやしょう」

茂次は、お吟を連れて長屋にもどった。

茂次から事情を聞いた源九郎は、

「お吟の気持も分からぬではないが、おまえが常蔵たちの手に落ちたら栄吉の敵はだれが討つのだ。いまは、長屋でおとなしくしていることが、大事なのだぞ」

そう言って、長屋から出歩かぬよう、お吟を説得した。

6

その夜、茂次の部屋に、源九郎、菅井、孫六、茂次の四人が集まった。貧乏徳

利の冷や酒を飲みながら、茂次が探ったことを聞いた後、

「わしは、こっちから仕掛けてみようと思う」

と、源九郎が切り出した。

「仕掛けるとは」

菅井が訊いた。

「常蔵の手下を捕らえ、起請文と艶書の在《あ》り処《か》をつきとめて、そこを襲うのだ」

源九郎は、石川と話していたときから頭にあった策を話した。

「そいつはいい。やりましょうぜ」

茂次が、すぐに同意した。

「問題は、手下が在り処を知っているかどうかだな」

と、菅井が湯飲みで酒を飲みながら言った。いつもの陰気な顔である。

「三下ではだめだな。常蔵の片腕のような男がいいが」

「利根吉なら、知ってると思いやすぜ。やつを痛めつければ、あっしも、ここをやられた敵が討てるってえもんだ」

茂次は、脇腹を押さえながら声を大きくした。

「わしも、あの男なら知ってると思う」

源九郎が言った。

「そういうことなら、すぐにも利根吉の居場所を探って知らせやすぜ」

「頼む」

源九郎が、うなずくと、

「おれも手を貸そうか」

と、菅井が言った。

「いや、わしと茂次でじゅうぶんだ。それより、そっちは何か知れたか」

源九郎が菅井の方に顔をむけた。

「いや、確かなことは分からんが、百嘉が気になってな。あれからも暇を見て探っていたのだが、一昨日《おととい》な、おれの腕を試した牢人があらわれたのだ」

「ほう、牢人がな」

源九郎は、ただの客ではないようだと思った。百嘉は大身の旗本が利用するような高級な料理茶屋である。牢人がひとりで楽しむような店ではないのだ。

「それも女といっしょだ」

その日、菅井は百嘉の裏手ではなく、玄関先の見える通りに立っていた。斜向《はすむ》かいに店をしめた米屋があったので、その店先から見ていたが、長くいると近所の者に不審な目をむけられるので、いっとき経ったら場所を変えるつもりだった。

そこに立って、すぐだった。茅《かや》町の方から、牢人体の男が百嘉の方へ歩いてくる。

……やつだ！

菅井は直感した。

遠方で顔ははっきりしなかったが、中背でやや猫背、それに剣の遣い手らしいどっしりとした腰に見覚えがあった。

両国広小路で、菅井の腕を試した牢人である。その牢人のすぐ後ろから、女がひとり跟《つ》いてきた。ほっそりした年増《としま》で、黒襟のついた縞の着物に黒下駄。足元から覗く赤い蹴出しが、鮮やかだった。

見ていると、牢人が百嘉に入り、女も後にしたがった。

……女としけこむには早いな。

と、菅井は思った。まだ、八ツ（午後二時）ごろだったのである。

菅井は、牢人と女の正体をつきとめようと思い、しばらく店先で出てくるのを待ったが姿をあらわさなかった。

その翌日の四ッ（午前十時）ごろ、菅井はふたたび百嘉に足をむけ、以前話を聞いたお静と会って、昨日の牢人と女のことを訊いたが、ふたりの正体は分からなかった。ただ、お静の話では、その牢人と女は前にも来たことがあるとのことだった。

「その女、左腕をさすっていませんでしたかい」

好きな酒をひとりでかたむけていた孫六が、口をはさんだ。

「そう言えば、牢人の後ろを歩いているとき、左手の袖口が上がって白い腕がのぞいていたな。肘あたりを、右手でさすっていたのかもしれん」

「まちげえねえ。その女、転びのお松ですぜ」

孫六が断言するように言った。

孫六は、お松が牢人と歩いているのを見たと喜八から聞いていたし、その後、別の掏摸からお松が、左腕を右手でさする癖があることを耳にしていたのだ。

「うむ……。どうやら、今度の一件は常蔵とお松だけのたくらみではないようだな」

源九郎は、他に何人かの武士が今度の一件にかかわっているとみていた。菅井の腕を試した牢人の他に、浜乃屋の戸口から覗いていたという武士もいる。お吟の話では、羽織袴の武士とのことだった。

「いずれにしろ、こたびの一件の鍵は、奥田さまが百嘉の女将に渡したという起請文と艶書だ。こっちでとりもどせば、一気に片が付くかもしれん」

源九郎は、千両渡す前に仕掛けたいと話した。

「おれは、しばらく牢人を探ってみよう」

菅井が抑揚のない声で言うと、

「あっしは、お松を」

と孫六が言って、手にした湯飲みに貧乏徳利の酒をついだ。

7

飲み屋や小料理屋などが、ごてごてと軒を連ね、提灯や掛行灯《かけあんどん》の灯《ひ》が路地に落ちていた。胸をはだけた首白女《くびじろおんな》が、店先に立って通りすがりの男の袖を引いたり、物陰で妓夫《ぎゆう》が酔客に声をかけたりしている。

下谷広小路にちかい黒門町の泥溝板《どぶいた》横丁と呼ばれる淫靡《いんび》な通りである。その路地の一角のつぶれた飲み屋の陰から、茂次が通りを覗いていた。その背後には、源九郎の姿もあった。

茂次は斜向かいの縄暖簾を出した飲み屋を見張っていた。店の名はおかめ。茂次は利根吉の身辺を洗い、この店のお富《とみ》という酌婦が、利根吉の情婦であることをつかんできたのである。

「利根吉のやつ、三日に一度はおかめに姿を見せるそうですぜ」

との報告を聞いた源九郎は、

「よし、今夜からおかめを見張ろう」

そう言って、ふたりしてここにひそむようになって二日目だった。

「今夜も無駄骨かな」

源九郎がそう言って、生あくびを噛み殺したときだった。

「旦那、利根吉が来やしたぜ」

茂次が緊張した顔で振り返った。

「店に、入ったか」

「へい」

「まず、一刻（二時間）は、姿をあらわすまい。わしらは、腹ごしらえをしてこようぞ」

ふたりは、廃屋の陰から通りへ出た。そして、一町ほど離れた路地にあったそば屋で腹を満たしてもどった。

それから、半刻（一時間）ほど待つと、通りを見張っていた茂次が、旦那、出てきやしたぜ、と言って、後ろを振り返った。

「よし、やり過ごして、後を尾けよう」

利根吉が半町ほど遠ざかったところで、源九郎と茂次は通りへ出た。

源九郎たちが通りへ出て、利根吉の後を尾け始めたときだった。おかめの隣の小料理屋から武士がひとり姿をあらわし、源九郎たちを尾け始めた。薄茶の小袖に濃紺の袴。二刀を帯びていた。微禄の御家人か、旗本に仕える家士といった感じである。

源九郎と茂次は、自分たちを尾けてくる武士にまったく気付かなかった。

利根吉は、酔っているらしく足元がふらついていた。尾行に気付かれる心配はなかった。通りにはちらほら人影があったし、源九郎と茂次の衣装は闇に溶ける茶や黒だった。

泥溝板横丁を出た利根吉は下谷広小路を抜け、湯島天神の方へむかった。

「やつの長屋は、湯島天神のちかくだと聞いた覚えがありやす」

茂次が小声で言った。どうやら、利根吉は自分の長屋へ帰るようだ。

すでに四ツ（午後十時）を過ぎていようか。ひっそりとした通りで、人影はまったくない。道の両側は武家屋敷だった。どの屋敷も表門が閉じられ、夜の帳《とばり》に沈んでいる。

「このあたりで仕掛けよう。茂次、やつの前へまわってくれ」

「合点でさァ」

言うなり、茂次は駆けだした。すぐに脇道へ入り、黒半纏《はんてん》と股引姿が夜闇に吸い込まれるように消えた。

すこし間をおいてから、源九郎が走りだした。足音が夜の静寂をやぶって、あたりにひびく。その足音に気付いたらしく、利根吉が立ちどまって振り返った。

月明りのなかに、酒気を帯びた利根吉の顔が赭黒く浮かび上がった。

「て、てめえは、あのときの！」

利根吉の顔が、ひき攣《つ》った。

「華町源九郎だ。利根吉、おとなしくしろ」

「老いぼれのくせしやがって、つかまってたまるかい」

利根吉は反転して、駆けだした。

だが、すぐにその足がとまった。前方に、茂次が立っていたのである。

「ちくしょう！」

叫びざま、利根吉はふところから刃物を出した。匕首である。目をつり上げ、獣のような吠え声を上げて、体ごと突き当たってきた。

源九郎は体をひらきざま抜刀し、鋭く利根吉の手元に刀身を振り下ろした。骨を砕くような鈍い音がし、匕首がたたき落とされ、利根吉が前につんのめった。

峰打ちだった。源九郎の一撃は、利根吉の右腕の骨を砕いていた。

「い、痛え、痛え！」

利根吉は、地面に尻餅をつき右腕を腹にかかえ込むようにして喚いた。

「老体を、いじめさせるな」

源九郎が切っ先を利根吉の鼻先につきつけた。息が荒い。走った後、さらに動いたので、息が切れたのである。

走り寄った茂次が、利根吉の両肩へ手を置いておさえつけた。

「おまえに、聞きたいことがある。阿部川町に、お松がいるな」

源九郎が、低い声で訊いた。

「し、知るけえ」

利根吉が吐き捨てるように言った。

「しゃべる気にはなれぬか。おまえの親分の常蔵は、ずいぶんむごいことをするそうだが、わしも負けてはおらぬぞ」

源九郎は利根吉を見つめ、低く抑揚のない声で言った。茫洋とした面貌《おもて》は豹変し、剣客らしい凄味がある。

「まず、耳からだ」

そう言いざま、源九郎が手にした刀を一閃させた。

濡れた布で肌をたたくような音とともに、利根吉の左耳が虚空に飛んだ。ギャッ、という悲鳴が夜気をつんざき、利根吉の左顎のあたりが見る間に血に染まった。

「次は、右。その次は鼻を削ぐ……。さらに、目をえぐり、腕を落とす、しゃべる気になるまでつづける」

源九郎は淡々としゃべった。

「………！」

利根吉は血塗《ちまみ》れの顔を激しく顫《ふる》わせながら源九郎を見上げていた。血の気が失せ、目が恐怖にひき攣《つ》っている。

「では、右の耳を落とすぞ」

源九郎が刀身を振り上げた。

「ま、待て、話す……」

利根吉は肩を落とし、声を震わせて言った。

「そうか。では、訊く。お松の掏った起請文と艶書はどこにある」

「そ、それは、姐《あね》さんが」

「お松が持っているのだな」

「そうだ」

「阿部川町の家にあるのだな」

「見たことはねえが、姐さんの家にしまってあると、親分が話しているのを聞いたことがある」

「もうひとつ訊きたいことがある。常蔵の仲間に牢人がいるな」

「……知らねえ」

利根吉は顔を上げた。かすかに訝《いぶか》しそうな表情が浮いた。

「栄吉を斬った男だ」

栄吉はその牢人の手にかかったのではないか、と源九郎は思っていた。

「あっしらは掏摸だ。仲間に牢人などいねえ」

利根吉は語気を強くした。

「うむ……」

源九郎には、利根吉が嘘を言っているようにも見えなかった。牢人は常蔵たちとは別の目的で動いているのであろうか。ともかく、常蔵の仲間ではないらしかった。

源九郎は、常蔵の手下のことも訊いてみた。利根吉によると、常蔵は両国、下谷、浅草あたりの盛り場を縄張りにしていて、子分は二十人ほどいるとのことだった。ただ、ふだんから出入りしている子分は、七、八人で、車坂町の家へ顔を出す者が多いという。

「お松のところにも、何人かいるだろう」

肩口を押さえていた茂次が訊いた。

「三人ほどつめてるぜ」

起請文と艶書がおいてあるので、用心のために子分を置いているようである。

「立て」

源九郎が利根吉を立たせた。さらに訊くことはなかったが、ここで利根吉を放すことはできなかった。すぐに常蔵の許に走って、ことの次第を伝えるだろう。源九郎はしばらく、長屋に監禁しておいて、時期を見て孫六の知り合いの岡っ引きにでも引き渡そうと思った。

利根吉を連れて夜陰のなかを去っていく源九郎たちを、武家屋敷の築地塀の陰から見送っている人影があった。さっき、小料理から出て源九郎たちを尾けてきた武士である。武士は三人の姿が闇に溶けて見えなくなるまで塀の陰にたたずんでいたが、やがて通りへ出て、足早に去っていった。

8

「あれか」

菅井が、小声で訊いた。

辺りは濃い夜闇につつまれ、生垣をめぐらせた仕舞屋から灯《ひ》が洩れている。源九郎、茂次、菅井の三人が、路傍の椿の樹陰にいた。

源九郎と茂次が、利根吉から起請文と艶書の在処を聞き出した翌日である。

「へい、なかに常蔵もいるはずでして」

茂次が答えた。

日中、茂次は仕舞屋を見張り、常蔵がなかに入ったのを確認していた。その後、長屋にもどり、夜の更けるのを待ってここに来たのである。子ノ刻（午前零時）ちかかった。家並は夜闇に沈み、物音ひとつ聞こえてこない。

「手下は」

源九郎が訊いた
「二、三人いるはずですぜ」

「どうする、斬るか」

菅井が、源九郎の方に顔をむけた。

「逆らえば別だが、斬るまでもあるまい。常蔵だけは、始末した方がいいかもしれんが。それにしても、やけに静かだな」

灯が洩れているので、なかに人はいるようだが、話し声も物音もしない。辺りは静寂につつまれている。

「踏み込むぞ」

源九郎が小声でいった。三人は足音を忍ばせ、腰丈の枝折り戸を押して敷地内に侵入した。

「裏手へ」

源九郎が手で合図し、菅井が狭い庭を横切って裏口へまわった。逃走を防ぐためである。

いっとき間を置いて、茂次が戸口の引戸に手をかけた。どういうわけか、戸は簡単にあいた。

……妙だな。

と、源九郎は思った。戸をあける音が聞こえたはずだが、家のなかには物音も人の動く気配もない。源九郎は草鞋《わらじ》履きのまま踏み込んだ。奥に明りが点《とも》ってい るが、ひっそりとしている。

……この臭いは！

夜気のなかに、異臭がただよっていた。血の臭いである。

「茂次、何かあったようだぞ」

源九郎は灯明のある奥へむかって急いだ。

灯の点っているのは、庭に面した座敷らしかった。寝間か居間であろう。明りはあったが、物音も人声もしない。近付くにつれて、しだいに血の臭いが濃くなってきた。

源九郎が明りのある座敷の障子をあけた。

「こ、これは！」

源九郎は息を飲んだ。

眼前に、惨憺たる光景がひろがっていた。あたりは小桶《こおけ》で撒いたようにどす黒い血に染まり、障子が破れ、貧乏徳利や猪口が転がっていた。そうした雑然とした血海のなかに、四人の男が倒れていた。

酒盛りでもしているときに、何者かが踏み込んで斬殺したらしい。頭を割られている男、腕のない男、臓腑を溢れさせている男……。部屋の隅の行灯がひかりを投げて、そうした酸鼻極まりない死骸《むくろ》を照らし出していた。

「常蔵だ……」

頭を割られている男が、常蔵だった。後の三人は、手下らしい。

「どういうことなんだ」

裏口から入ってきた菅井が、顔をしかめて言った。

「わしらより、先に踏み込んで始末した者がいるのだ」

それにしても手が早い、と源九郎は思った。こっちの動きを察知しているかのようである。それに、行灯の火を消さずに去ったのも、後で乗り込んでくる源九郎たちを知っていたからではあるまいか。われらに逆らえば、こうなるという恫喝かもしれない。

「手練だな。どれも、一太刀だぞ」

菅井が、死骸を覗き込みながら言った。

「同じ手か」

「いや、ふたり以上だな。唐竹割りに斬ったやつと胴を薙《な》いだやつは、別人だな。いずれも、なかなかの遣い手だ」

「胴は栄吉と同じ太刀筋だな。踏み込んで、横一文字に払っている。おぬしの腕を試した牢人かもしれんな」

源九郎の脳裏を、腹を斬られた栄吉の無残な死体がよぎった。

「いずれにしろ難敵だ。今度の一件は、容易ではないぞ」

菅井が言った。死骸を見つめた菅井の双眸が、行灯の灯を映して熾火《おきび》のようにひかっている。

「旦那、ほかにだれもいませんぜ」

茂次が、家のなかをめぐってきたらしい。

「お松は逃げたか。起請文と艶書は残っていまいな」

源九郎は念のため、菅井と茂次にも頼んで家のなかを探してみたが、書状らしきものはなかった。

「つまらんことで、わしらが疑われてはかなわん。この場は、引き上げよう」

明日にも、町方が来て調べるだろう。押し込みがはいって住人を惨殺し、金品を奪って逃げたとみるか、あるいは常蔵が掏摸の親分であることをつかめば、仲間同士の出入りとでも判断するかもしれない。いずれにしろ、かかわらないほうが無難である。

源九郎たち三人は外に出た。そよという風もなく、江戸の町は夜の帳《とばり》につつまれていた。三人の足音を追うように、深い闇のなかで犬の遠吠えがひびいていた。

第四章　野良犬

1

「茂次、利根吉の縄を解いてやれ」

源九郎が言った。

利根吉は、茂次の部屋の柱に縛りつけられていた。柱といっても棟割り長屋のこと、隣の部屋との境にしかない。しかたなく、粗壁《あらかべ》の落ちたところに縄を通して柱に縛ったのだ。

源九郎たち三人が、阿部川町の仕舞屋から長屋にもどったのは払暁だった。三人はそのまま茂次の部屋に集まり、白湯《さゆ》を飲んで一時の空腹を満たしたところだった。

「利根吉、おまえも飲むか」

源九郎が、湯飲みの白湯を利根吉に持たせた。

利根吉は喉が乾いていたのか、左手で湯飲みをつかむと、一気に飲み干して大きく息をついた。左耳をつつむように巻いた晒《さらし》がどす黒く染まっていたが、出血はとまったようである。右腕は自由にならないようだったが、命に別条はないはずだった。

「阿部川町の家で、常蔵が死んでたよ」

源九郎が言った。

利根吉が、ハッとしたように目を剝《む》いて源九郎を見つめたが、すぐに顔がゆがみ、憎悪と恐怖のいりまじったような表情を浮かべた。

「わしらではないぞ。常蔵と若い者が三人、いずれも、刀で斬られていた。殺ったのは武士だな。それも、ふたり以上で踏み込んだようだ」

源九郎は侵入したときの様子を簡単に話した。

利根吉は顔をゆがめたまま源九郎の顔を見上げていたが、

「それで、姐《あね》さんは」

と、訊いた。

「お松の姿はなかった。……お松だけ、逃げたとも思えんのだがな」

源九郎は、お松と常蔵たちを殺した者たちがつながっていたのではないかと思っていた。

「あの女《あま》！」

利根吉が憎悪に目を剝いた。お松のことで、何か知っていることがありそうだ。

「利根吉、襲った者たちに心当たりがありそうだな」

「はっきりしたことは分からねえが、お松が、牢人を阿部川町の家へ連れてきたことは知っておりやす」

利根吉は常蔵の女として姐さんと呼んでいたのだが、お松と呼び捨てにした。お松が、常蔵を裏切ったという思いがあるのだろう。それに、知っていることは話す気になったらしく、しっかりした口調で言った。

「牢人の名は」

「分からねえ。房七《ふさしち》ってえ若いのが、ふたりの姿を見かけただけなんで」

「牢人のことで、何か知らぬか」

利根吉は、いっとき首をひねっていたが、

「房七が、神田の剣術道場から出るところを見たことがあると言ってやした」

と、顔を上げて言った。

「神田のどこだ」

おそらく、町道場であろう。場所さえ分かれば、簡単に男の正体が知れる。

「さァ、くわしく聞かなかったもんで」

「房七はどこにいる」

房七なら知っていそうである。

「それが……。房七のやつは、お松んとこへ、行ってやしたんで、親分といっしょに殺られちまったんじゃァねえかと」

利根吉は語尾を濁した。

どうやら、房七は昨夜斬られていた手下のひとりのようだ。

「華町、神田の道場に通っていたことが知れたのだ。なんとか、牢人の正体をつきとめることはできるだろう」

脇から、菅井が言った。

「そうだな。ところで、奥田家から金を強請《ゆす》ろうと考えたのは、常蔵なのか」

源九郎が別のことを訊いた。

「いえ、お松なんで。お松が親分に色文を見せ、これで、たんまり金が脅しとれるはずだと言い出しやして」

「それに、常蔵が乗ったってわけか。……お駒稲荷に、偽の起請文と艶書を持ってきたたな。あれを、思い付いたのはだれなんだ」

「やっぱり、お松でして。お松が、むこうには強い侍が何人もついているようだ、迂闊に渡せば、その場でバッサリだ、と言い出し、ああすることにしやした」

「首謀者は、お松か」

そのお松が起請文と艶書を持って姿を隠し、常蔵と手下が殺されていた。裏で、お松が牢人と手を組んで、常蔵たちをあやつっていたのではあるまいか。

……まさに、毒婦だ。

源九郎は、お松が男たちを手玉に取っているような気がした。

「お松が、どこにいるか、心当たりはないか」

源九郎が訊いた。

「分からねえ。親分が車坂町の家にはお松を連れてこなかったし、あっしらとは話もしなかったもので……」

「そうか」

お松の方で、隠れ家を知られないようにしたのだろう。

その日、源九郎と菅井は長屋で仮眠をとった後、神田へ足をむけた。牢人の正体をつきとめようとしたのである。

「華町、手分けして当たろう」

竪川《たてかわ》沿いを歩きながら、菅井が言い出した。

「よかろう」

神田といっても広い。手分けした方が、早いだろう。歩きながら、源九郎はあらためて牢人の人相や体軀などを、菅井から訊いた。

両国橋を渡ったところで、ふたりは別れ、源九郎が内神田へ、菅井が神田川の北にあたる外神田へと足をむけた。

源九郎は、まず知己のいる鏡新明智流の道場にあたった。顔見知りの門人に、牢人の年格好や人相などを話して訊いたが、いずれも心当たりはないとのことだった。

江戸には神道無念流、一刀流中西派、北辰一刀流、心形刀流などの道場が多かった。内神田は町人地だったが、それでも名のとおった道場がいくつもあった。

その日、源九郎は神道無念流と一刀流中西派の道場に足をむけ、出てきた門人に牢人のことを訊いたが、首をひねるばかりだった。無理もない。両道場とも門弟が百人を超える大道場で、年格好や人相だけではっきりしないのだ。

疲れた足取りで長屋にもどると、菅井も帰っていた。

「だめだな。それらしい男は、いないぞ」

菅井が、がっかりしたように言った。

瘦せて頰のこけた顔に疲労の色が浮き、よけい陰気に見えた。いくつか道場をまわったが、手掛かりもなかったという。

「まァ、すぐには見つからんだろう」

源九郎は、神田にある町道場をひととおり当たってみるつもりだった。

翌日も源九郎と菅井は町道場をまわったが、それらしい男はつかめなかった。

その夜、源九郎は長屋にもどった足で菅井の部屋に立ち寄り、松坂町の亀楽にさそった。

「牢人体となると、いまは門弟でないのかもしれんな」

源九郎は、菅井の猪口《ちょく》に酒をついでやりながら言った。

「おれも、そう思う」

「あるいは、門人ではなく、つぶれた町道場の主だったとも考えられる」

房七は、道場から出るところを見たと言っただけである。頭から門人と決め付けていたが、道場主ということもありうるのだ。

「あすからは、つぶれた道場をさぐってみるか」

菅井がそう言って、手にした猪口の酒を一気に飲み干した。

そのとき、茂次が慌てた様子で店内に飛び込んできた。

「やっぱり、ここですかい」

走ってきたらしく、息が乱れている。何かあったようだ。

「どうした」

源九郎が訊いた。

「利根吉が、逃げちまいましたぜ」

茂次が長屋にもどると、縛っていた縄だけ残り、利根吉の姿がなかったという。

「きつく縛っておかなかったからな」

常蔵が殺されたことを知ってから利根吉は、源九郎たちに協力的だった。そのせいもあって、ちかごろは簡単に縛るだけだった。

「どうしやす」

「放っておけ」

源九郎は、利根吉が敵方に知らせたり、町方に訴え出るようなことはないと思った。

2

大川は、夕闇につつまれていたが華やかだった。軒下に提灯を下げた屋形船や屋根船などの涼み船が行き来し、そうした大型の船のまわりを物売りのうろうろ舟が行き交っていた。汀《みぎわ》に寄せる水音にまじって、三味線や鼓、女の嬌声や男の哄笑などが、さんざめくように聞こえている。

源九郎は、日本橋箱崎町ちかくの大川端を歩いていた。堀江町に二年ほど前、つぶれた町道場があると聞き、神田ではなかったが念のため行ってみたのである。道場のあった跡地には酒屋が建っていて、主人に訊くと、道場主は五十半ばの男で、半年ほど前に病で死んだとのことだった。

……むだ骨だったか。

源九郎の足は重かった。どっと、疲れが出た感じがする。ちかごろ歩くことが少なくなったせいか、長時間歩くと足だけでなく体の節々も痛んだ。

……今夜は、茂次と一杯やって早めに休むか。

そんなことを考えながら、源九郎は歩いた。

夕闇がしだいに濃くなっていた。対岸の深川の家並が闇につつまれ、家々から洩れる灯《ひ》が弱々しくまたたいている。通りの右手は大川、左手は大名屋敷の中屋敷や下屋敷がつづき、人影はほとんどなかった。

弦月が出ていた。源九郎は、長い影を曳きながら歩いた。

……だれかくる！

源九郎は、背後から走り寄る足音を聞いた。

振り返ると、覆面で顔を隠した武士体の男がひとり、刀の鍔元《つばもと》に左手を添え、すこし前屈みの格好で駆けてくる。殺気があった。

……やつが、探していた牢人か！

源九郎は鯉口を切って身構えた。だが、武士は長身だった。ひょろりとした感じがする。中背でどっしりした腰、と聞いていた牢人とは体軀がちがう。それに、身装《みなり》が御家人か江戸勤番の藩士といった感じである。

駆け寄った武士は、五間ほどの間を置いて足をとめた。そのとき、源九郎はさらに複数の足音を聞いた。目をやると、背後と右手の大名屋敷の築地塀の陰から牢人体の男が、それぞれ走り寄ってくる。ふたりは、覆面で顔を隠していなかった。

……やつだ！

築地塀の陰から走り出た牢人を見て、源九郎は直感した。

中背、どっしりした腰、太い首。身辺に殺戮《さつりく》のなかで生きてきた剣客のもつ異様な殺気がある。

……わしを狙って、待ち伏せていたようだ。

すばやく、源九郎は大川を背にして立った。背後からの攻撃をさけるためである。

三方から駆け寄った三人は、源九郎を取り込んだ。

「わしに何か用か」

源九郎は、中背の牢人を正面にして立った。

眉根の濃い、剛悍な感じの男である。この牢人が、三人のなかでは抜きんでた遣い手であることは、その姿からでも分かった。刀を抜かず立っているだけだったが、源九郎を見つめた双眸が底びかりし、全身から痺れるような殺気を放射していた。

「名を名乗れ！」

喝《かつ》するような声で、源九郎が言った。

「問答無用」

中背の牢人がくぐもった声で言いざま、抜刀した。すかさず、他のふたりも抜く。

中背の牢人は、低い青眼に構えた。切っ先を、源九郎の胸のあたりにつけている。足を八文字にひらき、やや膝を曲げていた。腰の沈んだどっしりとした構えである。そのまま切っ先で突いてくるような威圧があった。

左手の長身の男も青眼。右手の小柄な男は、八相だった。緊張からくる体の固さがなく、切っ先が定まっていた。このふたりも、かなりの遣い手のようだ。

源九郎は、切っ先を中背の男の左目につける青眼に構えた。剣尖《けんせん》をすこし高くし、後ろに引いた左足の踵《かかと》をすこし浮かせた。三方からの攻撃に対応するため、体さばきを迅速にしようとしたのである。

……だが、切り抜けぬ。

と、源九郎は直感した。

対峙した中背の牢人だけでも強敵だった。三方からの斬撃は防ぎきれないだろう。

中背の男がゆっくりと間をつめてきた。歩くように左右の足をたがいちがいに踏み出してくる。歩み足である。

……古流儀か。

当節、江戸で隆盛している神道無念流、鏡新明智流、北辰一刀流などは、防具をつけた竹刀による撃ち合い稽古が中心であった。竹刀による撃ち合いの場合、どうしても敏捷な体さばきや竹刀さばきが重視される。そのため、右足を前にし、左足を後ろに引いた構えからのすり足でおこなう送り足になる。

ところが、古法を重んじている流派は、真剣や木刀による組太刀を中心にした稽古をおこない、介者剣術《かいしゃけんじゅつ》（戦場における甲冑武者剣術）の刀法を残し、足をひらき腰を沈めたどっしりとした構えから、歩み足になることが多いのだ。

左右の敵も、ジリジリと間合をせばめてきた。

三方の敵は、お互いが引き合うように動きを合わせて、一足一刀の間の手前まで身を寄せてきた。源九郎は、正面の敵に切っ先をむけながら左右にも気をくばった。

四人は全身に気勢を込め、斬撃の機をうかがっていた。岸辺を打つ川波が、緊迫した場面を煽るように騒いでいる。

源九郎はすり足で、すこしずつ右手へ動いた。右手の敵の背後、大川の岸辺に柳が植えてあった。この柳の木を、源九郎は利用しようと思ったのである。

源九郎の動きに合わせて、左手の敵と前方の敵は間をつめ、右手の敵は後じさった。三方の包囲の間は変わらず、痺れるような殺気が四人をつつんでいた。

右手の敵の背が、柳の幹に迫った。それに気付いた右手の敵が、半歩脇へ身を移した。

その一瞬を、源九郎がとらえた。

イヤアッ！

裂帛《れっぱく》の気合を発し、源九郎は青眼から刀身を振り上げざま左手に大きく踏み込んだ。

左手の敵が背後に跳び、間髪を入れず、正面の中背の牢人が踏み込んできた。

タアッ！

鋭い気合とともに、牢人の体が源九郎の右脇へ迫る。

迅《はや》い！　夜陰のなかで、一瞬、牢人の刀身が月光を反射《はね》て白くきらめいたのが、源九郎の目に映った。次の瞬間、牢人の体が源九郎の脇を疾風のように駆け抜けていた。

源九郎は腹部に疼痛を感じたが、そのまま左手へ走り、岸辺から川面へ跳躍した。

……川に身を投じて、逃げるしかない。

と、源九郎は察知し、一瞬の隙をついて跳んだのだ。

腰ほどの水深だった。源九郎は、流れのままに川下へむかった。

「逃がすな、追え！」

中背の牢人が声を上げた。

岸辺伝いに、三人が追ってきた。だが、川へ飛び込む気まではないようだった。

「舟だ、舟を探せ」

ひとりが怒鳴った。

だが、付近に桟橋はなかった。夜陰のなかに涼み船の灯が見えるばかりである。

源九郎が川のなかほどに移動して二町ほど下ると、三人の男は岸辺に立ちどまった。追うのをあきらめたようである。その場に立ったまましばらく遠ざかっていく源九郎を見つめていたが、去っていくらしく、その姿が夜陰に溶けるように消えていった。

3

「旦那、どうしたんです、その格好は」

井戸端の近くで涼んでいた助造が、源九郎の姿を見かけて声を上げた。濡れ鼠だった。おまけに元結《もとゆい》が切れて、ざんばら髪である。泥溝《どぶ》のなかから這い出てきたような情けない格好だった。

「暑いのでな、涼んできたのだ」

そう冗談を言ったが、顔が苦痛にゆがんでいた。

「旦那、怪我をしたんじゃァねえんですかい」

助造は、源九郎の腹部が血に染まっているのを見たようだ。

「なに、かすり傷だ」

「どっぷりと血が……」

源九郎の腹部を覗き込んだ助造の顔が、一瞬こわばった。そして、源九郎のそばに駆け寄ると、そばについて歩きながら、お熊、大変だ！　華町の旦那が怪我をしなすった、と長屋中に聞こえるほどの声でまくしたてた。

長屋のあちこちで、バタバタと雨戸や障子があき、女や男の顔が覗き、すぐに飛び出してきた。

源九郎は、お吟のいる自分の部屋の腰高障子をあけた。土間で、洗い物をしていたお吟が、

「旦那ァ！　どうしたんです」

と悲鳴のような声を上げて、走り寄った。

「たいした傷ではない。とりあえず、水を汲んでくれ」

源九郎は上がり框につづく、板敷きの間にどっかりと腰を下ろした。お吟は蒼ざめた顔で流し場に行き、小桶に水を汲んでもどってきた。

そこへ、お熊、おとよ、菅井、茂次、孫六、その他長屋の連中が、ぞろぞろと集まってきた。年寄りや子供までが集まり、戸口のまわりに人垣を作った。

「どうしたんですよ、華町の旦那」

お熊が、大きな顔をゆがめて泣きだしそうな顔をした。

「たいした傷ではない」

事実、源九郎は浅手だと思っていた。切っ先が皮肉を裂いただけで、臓腑に達

してはいなかった。出血さえとまれば、命にかかわるような傷ではない。

「華町、傷を見せてみろ」

菅井がそばに来て、裂けた着物を持ち上げて、腹部を覗いた。

「深い傷ではないが、膿《う》むと面倒だ。……おい、どこかに酒と晒、それに金創膏《きんそうこう》があるだろう。すぐに、持ってきてくれ」

菅井が指示すると、土間や戸口の外にいた女房が、三人ほど自分の部屋へ駆けもどった。酒と晒を取りにいったようだ。

その間に、菅井が源九郎の着物を脱がせ、お吟の汲んだ水で傷口の汚れを洗い流した。さらに、女房たちがもどると、傷口を酒で洗い、金創膏をたっぷり塗った布を当て、晒を巻き付けた。

「さァ、これで大事ない。しばらく、無理はできんが、華町にはかえって身の保養になっていいだろう」

陰気な菅井が明るい声で言うと、集まった連中にも安堵の表情が浮いた。

「そういうことだ。騒がせて悪かったが、引き取ってくれ」

源九郎が照れくさそうに言った。

長屋の連中も安心したらしく、戸口の人垣が割れ、つづいて土間にいた連中も、うなずき合ったり、何か小声でささやき合ったりしながら出ていった。

後に残ったのは、源九郎、菅井、茂次、孫六、それにお吟だった。

源九郎が別の単衣《ひとえ》に着替えると、

「華町、何があったのだ」

菅井が、声をあらためて訊いた。

「大川端で、探していた牢人たちに襲われてな」

源九郎は三人の男に襲われて川に飛び込んで逃れたことや川下で猪牙舟にひろわれ、対岸の深川まで乗せてもらって、長屋まで帰りついたことなどを話した。

「その腹の傷は、おれの腕試しをした牢人か」

菅井がけわしい顔で訊いた。

「まず、まちがいない。おぬしに聞いていたとおりの男だった。それに、そやつの剣だが、古流儀とみた」

源九郎は牢人の構え、足さばきなどを話した。

「昨今、江戸ではやっている流派ではないようだな」

「そうだ。……わしは馬庭念流《まにわねんりゆう》とみたが」

馬庭念流は、上州樋口家に伝わる流儀である。樋口家の遠祖は、木曽義仲の四天王のひとり、樋口次郎兼光の後裔といわれている。八代樋口定次《さだつぐ》のときまで、神道流を家法としていたが、定次が友松氏宗なる者から正法念流を伝授され、以後馬庭念流として代々上州を中心に隆盛をみていた。武士だけでなく、百姓や商人の子弟なども学び、江戸にも門人が出てきているはずである。

「小石川に、道場があると聞いたことがあるぞ」

菅井が言った。

「そこの門弟かどうかは分からぬが、牢人の正体はつかめるかもしれぬな」

あれだけの遣い手なら、一門の者も知っているはずだ、と源九郎は思った。

「分かった。おれが、探ってみよう」

「気をつけろ。どうも、敵がわしらの動きを察知しているような気がしてならぬ」

阿部川町のときも、源九郎たちが襲う直前に常蔵たちが始末され、起請文と艶書を他の場所に移されていた。今度も、源九郎の行く手で三人の男が待ち伏せしていたのである。尾行されているか、それとも内通者がいて、こっちの動きをつかんでいるかだった。

「油断はすまい」

菅井が立ち上がった。

「あっしらは、掏摸仲間からお松の隠れ家をつきとめますぜ」

孫六が言うと、茂次もうなずいて立ち上がった。

「わしも、そろそろ横になるか」

そう言って、源九郎が立ち上がり、茂次の部屋へ行こうとしたときだった。

ふいに、お吟が源九郎のたもとをつかみ、

「旦那、今夜はここで休んでくださいよ」

と、思いつめたような顔で言った。

「い、いや、そういうわけには……」

源九郎は顔を赤くして、口ごもった。

「あたし、怪我の看病がしたいんです」

お吟は、たもとを離さなかった。

「あ、有り難いのだが、たいした怪我ではないし、長屋の者の目もあるし……」

源九郎はしどろもどろになった。

その様子を、ニヤニヤしながら見ていた菅井が、

「おぬしは怪我人なのだ。男も女もないぞ」

と、言うと、そばにいた茂次が、

「旦那、あっしも、しばらくひとりでゆっくり休みてえ。怪我が治るまで、お吟さんに看《み》てもらったらどうです」

と、首をすくめて言い添えた。

そこまで言われたら、この部屋にとどまらざるを得ない。源九郎は、憮然とした顔で、薄情なやつらめ、と言い捨て、上がり框のそばに胡座《あぐら》をかいた。

茂次が腰高障子をしめ、三人はそれぞれの部屋へもどっていった。障子のむこうの足音が小さくなったとき、ヒッヒヒヒ、という孫六のしゃがれた笑い声が聞こえた。三人で、何やらよからぬ会話を交わしているらしい。

だが、その笑い声も足音も遠ざかり、あたりが急に静かになった。源九郎の耳に、お吟の吐息と衣擦《きぬず》れの音が妙に大きく聞こえてきた。

「旦那ァ」

ふいに、お吟が言った。鼻にかかったかすれたような声である。

「な、なんだな」

「夕餉は、まだなんでしょう」

「そうだ、夕餉が、まだだった」

源九郎が、ほっとしたように言った。

「あたし、すぐに用意するから」

そう言うと、お吟は手ぬぐいを姐《あね》さんかぶりにし、土間の竈《かまど》のそばに行ってしゃがんだ。

その夜、源九郎はお吟と枕を並べて寝た。もっとも、夜具はひとそろいしかなかったので、源九郎は畳の上に横になり、古い掻巻《かいまき》を腹の上にかけただけである。

源九郎はお吟を抱かなかった。いや、抱けなかったのだ。浅手とはいえ、まだ出血もとまっていない。いくらなんでも、房事にふけるわけにはいかなかった。お吟もそのことは分かっていたので、少し離れて横になり、体を近付けようとはしなかった。

それでも、ふたりはなかなか眠れなかった。天井に目をひらいたまま、ふたりの吐息だけが、いつまでも闇のなかで呼応し合っていた。

熱が出たせいもあるのかもしれない。源九郎は、体内でふくれ上がる情欲をおさえながら、

……わしも、まだ生身の男ということか。

と、脳裏でつぶやいた。気恥ずかしさと嬉しさがあった。

源九郎がお吟を抱いたのは、自分の部屋にもどって三日目だった。すでに、出血がとまり、熱もさがっていた。お吟が源九郎の腹に巻いた晒を取換え終わったとき、お吟の肩に手をかけると、くずれるように源九郎の胸に身をあずけてきた。

源九郎は自分の体にこれほどの活力が残っていたのか、と不思議に思うほど燃えた。お吟も、夢中で応えてくれた。源九郎にとっては、久し振りのめくるめくようないっときだった。

「旦那ァ、あたし、嬉しい……」

お吟は、果てた後も裸体を源九郎から離そうとしなかった。

源九郎も嬉しかった。若い女体を抱いたことで、若返ったような気がしたのである。だが、後悔もあった。

……お吟には、すまぬことをした。

との思いが、強く胸に込み上げてきたのだ。源九郎はお吟の体を抱きしめながら、わしにできることなら、何でもしよう、と胸の内でつぶやいた。

4

「なんてえ、暑さだい」

孫六は深川黒江町を富ケ岡八幡宮の方にむかっていた。夏の強い陽射しが照りつけ、乾いた白い砂埃がたっていた。孫六は汗と埃を腰にぶら下げた手ぬぐいでぬぐいながら歩いた。汗で濡れた手ぬぐいが、煮しめのようになっている。

八幡宮の門前通りで、前方に一ノ鳥居が見えていた。ふだんは参詣や遊山の客などで、賑やかなのだが、暑さのせいか人通りはすくなかった。それでも、人影はとぎれることなくつづいている。

孫六は一ノ鳥居をくぐった先にある蛤町へ行くつもりだった。そこの吉兵衛《よしべえ》長屋に、元八《もとはち》という足を洗った掏摸がいるはずだった。すでに、老齢で船頭をしている倅の世話になっていると聞いていた。その元八に、お松のことを訊いてみようと思ったのである。

聞いていた長屋へ行ってみると、元八は上がり框のところで寝そべっていた。裸である。腹がえぐれたようにへこみ、汚れたふんどしが下っ腹からぶら下がっていた。白髪の無精髭が伸び、なんともみっともない格好である。

ひとりらしい。元八はだれもいないのをいいことに、恥ずかしげもなく老醜を晒していた。

「おお、孫六親分じゃァねえか」

元八は、むくりと身を起こした。

「なんでえ、みっともねえ格好しやがって。おい、大事《でえじ》な物がふんどしの間から覗きそうだぜ」

「へッへへ……。あんまり暑いんでな」

元八は、目を糸のように細くして笑った。

「倅はどうしたい」

「稼ぎに出てるぜ。で、なんの用だい」

元八の顔から笑いが消え、腕利きの掏摸だったころの剽悍《ひょうかん》さがよぎった。

「ちと、訊きてえことがあってな」

孫六は、元八の脇に腰を下ろした。だれもいないのは、好都合だった。

「むかしのことかい」

元八は不快そうな顔をした。掏摸だったころのことを掘り返されたくないのだろう。

「そうだが、おめえに嫌《や》な思いはさせねえよ。なに、おれもお上の御用から足を洗ってるんだ。頼まれた物を取りもどしてえだけさ」

「そうかい」

「転びのお松ってえ、女掏摸のことを知ってるか」

元八が足を洗って七、八年は経つ。あるいは、知らないかもしれないと孫六は思った。

「ああ、名は聞いたことがあるぜ」

元八が顔をしかめた。あまりいい印象は持っていないようだ。

「お松に、おれの知り合いが大事《でえじ》な物を抜かれたのよ。それで、取りもどしてえんだが、おめえ、お松の住家《やさ》を知らねえか」

「知らねえ。……それにしても、お松は何を抜いたんだい。しばらく前《めえ》だが、中抜の栄吉親分が、お松のことを訊きにきたことがあるぜ。その親分も、殺《や》られたそうじゃァねえか」

「栄吉がここに……」

孫六は語尾を呑んだ。どうやら、栄吉もお松のことを探ったらしい。

「親分も、下手に手を出すとあぶねえんじゃァねえのかい」

元八は、うすくひかる目を孫六にむけた。

「おれらはよ、その栄吉の敵も討ちてえと思ってるんだ。それで、何とかお松の尻尾《しっぽ》をつかみてえのよ」

「そういうことなら、おれの知ってることは話すが、お松のこたァ、名ぐれえしか知らねえんだ。……後は、二度ほど、歩いてるのを見かけただけだ」

「どこで見た」

「二度とも、侍といっしょに海辺橋のちかくを歩いていたな。そういえば、栄吉親分が殺される二、三日前、ちかくを歩いているのを見たぞ」

「海辺橋か……」

海辺橋は仙台堀にかかる橋で、浜乃屋のある今川町ともちかい。あるいは、栄吉はお松の住家を見つけ出して、探っていたのかもしれない。

「いっしょにいた侍というと、牢人か」

孫六は、栄吉や源九郎を斬った牢人ではないかと推測した。

「ちがう男だったぜ。ひとりは牢人、もうひとりは御家人か、さんピンだな」

「そうかい……」

牢人でない方も、華町の旦那を襲った武士かもしれねえ、と孫六は思った。

それから、お松のことや仲間の掏摸などのことをいろいろ訊いてみたが、それ以上元八から役にたつようなことは訊きだせなかった。

「おい、ふんどしから覗いてる大事《でえじ》な一物《いちもつ》を掬られねえようにしろよ」

「そっちも、大事《でえじ》な命《もの》をとられねえようにな」

ふたりは、冗談を言い合って分かれた。

その夜、孫六は元八から訊き出したことを、源九郎に伝えた。

「やはり、栄吉はお松を探っていて、殺られたのか」

源九郎は、お吟に聞こえないよう小声で話した。お吟は、土間の流しで洗い物をしていた。

「やはり、旦那を襲った牢人でしょうね」

「まず、まちがいあるまい。栄吉が、お松の住居を探り当てたので消したのであろうな。……お松は、栄吉とお吟のことを知っていたのかもしれん。栄吉を始末した後も、お吟の動向が気になり、仲間の武士に話して浜乃屋を見張らせたのではないかな」

ずいぶん前に足を洗っていたが、中抜の栄吉と袖返しのお吟の噂をお松も聞いていたのだろう。

「どうしやす」

孫六が訊いた。

「何とか、お松の隠れ家をつきとめたいな」

いまも、お松が海辺橋のちかくに住んでいるかどうかは分からなかった。

「ようがす、乗りかかった船だ。とことんおっ駆けてみますぜ」

孫六が、目をひからせて言った。

5

翌朝は雨だった。雨天の日は菅井が将棋盤と駒を持って顔を出すのだが、この日は姿を見せなかった。朝餉の後、菅井の部屋を覗いてみると、留守だった。茂次も孫六もいなかった。みんな、朝から出かけているらしい。お松や牢人の行方を追っているにちがいない。

菅井が顔を見せたのは、七ツ（午後四時）ごろだった。

だいぶ、歩きまわったと見え、顔に疲労の色が浮いていた。

「どうだ、出られるか」

菅井が訊いた。お吟がいたので、外で話したいらしい。

「ああ、元造のところがいいだろう」

亀楽なら他人の耳目を気にせず、話せるだろう。

「まだ、酒は早いだろう。傷にさわるぞ」

「酒は、舐《な》める程度にしとくよ」

傷を負ってから、六日経っていた。すでに出血はとまり、痛みもほとんどなかったが、まだ傷口はふさがってはいない。

亀楽に客はいなかった。仕込みをしていた元造が顔を出し、

「華町の旦那、もう傷の方はでえじょうぶなんで」

と、訊いた。源九郎が斬られたことは、亀楽にも伝わっていたらしい。

「かすり傷だよ。……酒と肴を頼むが、ほかに、何か食い物はないかな」

「菜《な》めしならできやすが」

「それを、頼む」

先に酒肴がとどき、源九郎が菅井の猪口に酒をついでやりながら、

「何か知れたようだな」

と、話を切りだした。菅井は、馬庭念流の道場からたぐって牢人の正体を探っていたはずだった。その菅井が、源九郎の許に顔を出したのは、何かつかんだか

らであろう。

「分かったぞ。牢人の名は渋江又兵衛《しぶえまたべえ》。やはり、小石川にある馬庭念流の高桑《たかくわ》道場の門弟だったようだ」

道場主は上州馬庭で修行した高桑平左衛門《へいざえもん》。渋江の出自は上州の郷士の次男で、剣で名を上げようと、少年のころ出府し、縁を頼って高桑道場の内弟子になったという。

その後、めきめきと上達し、二十歳過ぎると師範代もつとまるほどの腕になった。ところが、残忍で粗暴な性格だったため、高桑や門人に嫌われ、道場内にいられなくなって十年ほど前に出たという。

「門弟に人相や体つきを話したら、渋江にまちがいないとのことだ。それに、渋江は青眼からの胴斬りを得意にしていたとか」

「まちがいないな。……それで、渋江が小石川の道場を出た後、どうなったか分かったのか」

「しばらくの間、門弟だったころに知り合った旗本や御家人などの子弟の屋敷をまわって稽古をつけたり、他の馬庭念流の道場の代稽古をして口を糊していたようだが、それも三年ほどでやめてしまったらしい」

「そうか、房七という男が神田の道場から出るところを見かけたのは、代稽古先だったのかもしれんな」

おそらく、ちいさな町道場なのであろう。神田をまわったとき、馬庭念流のことは念頭になかったので、尋ねあぐんでてしまったようだ。

「その後、渋江は自分で道場をひらいたらしいんだが、その道場がどこにあるかは分からん」

「道場主のようには、見えなかったが」

源九郎が目にした男は、牢人体だった。しかも、殺戮のなかを生きてきた者に特有な酷薄な雰囲気をただよわせていた。

そのとき、元造が菜めしを運んできた。ふたりは、いっとき話をやめて、元造が去るのを待った。元造は仏頂面《ぶっちょうづら》のまま源九郎の鼻先に菜めしの丼を置くと、何も言わずに板場にもどってしまった。

「なに、高桑道場の門弟の何人かに話を聞いただけだ。明日にも、道場主の高桑に会って、その後の様子を訊いてみよう」

そう言うと、菅井は手にした猪口の酒を一気に飲み干した。

菅井は酒が強い。酔うと陽気になるのだが、顔の方は反対である。浅黒い肌がどす黒くなり、陰気な顔がさらに凄味を増すのだ。

「そろそろ長屋にもどるか」

菜めしを平らげた源九郎が、腰を上げた。

「華町、おれは何か裏があるような気がしてならんがな」

亀楽を出たところで、菅井が言った。

女掏摸と牢人が金儲けのためだけで、仕組んだ事件ではないといいたいのだろう。

「おれも、そんな気がする」

源九郎がつぶやくように言った。

ふたりは、そのまま長屋にもどった。ちょうど男たちが仕事から帰ったところで、長屋はにぎやかだった。女房を怒鳴る亭主の声、甲高い子供の泣き声、笑い声、障子をあけしめする音などが、三棟ある長屋のあちこちから聞こえてきた。長屋は、夕餉前がもっとも活気を帯びるときなのだ。

翌夕、ふたたび菅井があらわれた。

「歩きながら話すか」

源九郎は外に誘った。連日、亀楽へ出かけるのも気が引けたし、そろそろふところも寂しくなっていたのだ。

ふたりは竪川沿いを両国橋方面にむかって歩いた。涼気をふくんだ川風が汗ばんだ肌に心地よかった。

「高桑に会ったのか」

源九郎が訊いた。

「ああ、渋江が道場をひらいたのは本郷だそうだ」

「本郷のどこだ」

「そこまでは、高桑にも分からないらしい。高桑が道端で渋江と顔を合わせたとき、訊いたらしいんだが、渋江は本郷と口にしただけだそうだ」

「本郷に、同門だった男がいる。そいつに、聞けば分かるかもしれん」

鏡新明智流の士学館にいたころ、同門だった山田朝次郎《やまだあさじろう》という御家人が、本郷に住んでいるはずだった。

「明日、わしも本郷まで行ってみよう」

「腹の傷にさわらぬか」

菅井が足をとめて振り返った。

「なに、歩くだけなら、どうということはない。それに、傘張りをする気にもなれず、長屋にくすぶっているのが、退屈でな」

お吟は、あれこれと源九郎の世話をやきたがったが、それがかえって気遣いでもあった。

6

翌朝、源九郎は菅井と連れ立って長屋を出た。

山田の屋敷は、中山道から少し脇道を入った加賀前田家の上屋敷のちかくにあった。二十年ちかくも前に一度訪問しただけだったが、おぼろな記憶をたどり、行き交う人に尋ねたりして、何とか板塀でかこった山田の屋敷を探し当てることができた。

「華町か、久し振りだな」

玄関先に顔を出した山田は、相好をくずした。ずいぶん会わなかったが、すぐに源九郎と分かったようだ。

源九郎と同年輩で、髷《まげ》も鬢《びん》も白くなっていた。薄茶の筒袖に紺の軽衫《かるさん》。楽隠居といった格好である。剣の修行に明け暮れていたころの面影はない。

「わしは隠居の身だが、山田氏は」

源九郎が訊いた。

「わしもな、家督はせがれにゆずって、いまは好きな盆栽に明け暮れておる」

言われてみれば、山田の顔は真っ黒に日焼けしていた。連日、庭先で土いじりしてるにちがいない。

「ところで、こっちにいるのは、菅井紋太夫、田宮流居合の達者だ」

源九郎がかたわらに立っている菅井を紹介した。両国広小路で居合抜きの見世物をしていることは伏せておいた。剣の達人であろうと、大道芸人と知れば歓迎しないだろうと思ったからである。

「ところで、今日は何の用だ」

山田が訊いた。顔に訝《いぶか》しそうな色が浮いていた。無理もない、二十年ちかくも無沙汰だった男が、総髪の牢人とも易者とも見える得体の知れぬ男を同行して突然訪ねてきたのである。

「なに、たいした用ではない。知り合いの娘の縁談でな。このちかくに道場をひらいた男のことで、訊きたいことがあるのだ」

源九郎は適当にいいつくろった。

「そうか、まァ、入ってくれ。縁先の方が、風があっていいだろう」

山田は、ふたりを庭先へ連れていった。

縁先に、木製の棚があり、松、梅、欅《けやき》などの盆栽が並んでいた。縁先へまわったのは、ふたりに盆栽を見せたいという下心があったようだ。

「みごとなものだ。ちいさな鉢のなかに、雄渾《ゆうこん》と優雅さを凝縮させておる。おぬし、剣より盆栽の才があったのではないか」

源九郎はひとしきり褒めた後、

「おぬし、渋江又兵衛なる男を知らぬか」

と、切り出した。

「いや、知らぬが」

満面に浮かんでいた山田の笑顔がしぼむように消え、その男が縁談相手か、と訊いた。

「まァ、そうだ。馬庭念流の遣い手で、七年ほど前に本郷に道場をひらいたと聞いているのだが」

「七年ほど前、馬庭念流か……」

山田は、いっとき記憶をたどるように虚空に視線をとめていたが、あやつかな、と言って、顔を源九郎の方にむけた。

「道場といっても、つぶれた酒屋に大工を入れただけでな。門弟といっても、何人もいなかったぞ」

山田が顔をゆがめた。嫌悪の翳《かげ》が顔をおおっている。

「その男だが、何かあったのか」

「いや、何か諍《いさか》いがあったわけではないが……。おぬし、知り合いの娘の縁談話といったな」

「そうだが」

「やめた方がいい。どんな縁かは知らぬが、渋江という男は無頼の徒だぞ」

山田が不快な顔をして話したことによると、渋江は稽古などはほとんどせず、道場で酒を飲んだり、揚げ句の果ては博奕打ちの用心棒までしていたらしいという。

「女癖はどうだ」

源九郎は、渋江とお松の関係を知りたかった。

「女にもだらしないようだ。近所の者の話だと、渋江が粋《いき》な町人の年増と、山下《やました》の出会茶屋《であいぢゃや》に入っていくのを見たそうだよ」

「うむ……」

おそらく、その年増がお松であろう。山下というのは、上野寛永寺のある東叡山の東側の麓の地である。山下は女と逢瀬を楽しむための出会茶屋や、売女《おんな》を置いた料理茶屋などがあるので知られていた。

渋江は用心棒をしていた賭場で、お松と知り合い、男女の関係になったのかもしれない。

「ところで、いまも、その道場はあるのか」

源九郎が訊いた。

「ある。ちかごろはすこし静かなようだが、相変わらず人相のよくない男たちが出入りしているようだ」

「そうか、場所を教えてくれぬか」

源九郎は、渋江の所在を確かめたかった。あるいは、その道場にお松もいて、起請文と艶書はそこにあるかもしれない。

「よかろう」

道場は本郷四丁目の照妙寺《しょうみょうじ》という古刹の裏手にあり、行けばすぐ分かる、と山田が教えてくれた。

源九郎が礼を言って立ち上がると、山田は、娘ごのためだ、破談にした方がいい、と念を押すように言った。

「そうするつもりだ」

そう言い置いて、源九郎は冠木門《かぶきもん》から通りへ出た。

「どうする、菅井」

歩きながら、源九郎が訊いた。このまま道場を探ってみるか、日をあらためて出直すか訊いたのである。

「せっかくだ。道場だけでも見てみよう」

菅井が低い声で言った。

「よかろう」

ふたりは、中山道へもどり、四丁目へ足を運んだ。そして、四丁目の街道沿いの瀬戸物屋で、照妙寺のことを訊くと、すぐに分かった。

築地塀でかこわれた由緒ありそうな古刹で、山門のちかくを通ると、かすかな読経の声が聞こえた。源九郎と菅井は築地塀沿いの路地を通って、裏手へまわった。

思ったより、大きな通りだった。大店《おおだな》ではないが、米屋、小間物屋、足袋屋などの表店が軒をつらねている。その一角に、雨戸をしめたままの店があった。酒屋らしい建物だが、戸口の脇に剣術道場らしい看板がかかっていた。

「あれだな」

菅井が立ち止まって指差した。

だいぶ古い建物だった。それに、町道場としては、ちいさすぎる気がした。山田が酒屋に大工を入れただけだといっていたが、そのとおりの道場である。これでは、稽古らしい稽古はできないだろう。

道場はひっそりしていた。人のいるような気配がない。建物は板塀でかこってあったが、朽《く》ちかけて所々に隙間があった。その隙間から覗くと、裏手にも人のいるような気配はなかった。

「入ってみるか」

菅井の言葉に源九郎もうなずき、ふたりは建物の脇の枝折り戸を押して敷地内に侵入した。

裏手にも出入り口があった。台所になっているらしい。引戸の節穴からなかを覗いてみると、薄闇のなかに流しや竈などが見えた。

「やはり、ここに住んでるようだな」

源九郎が言った。

流しのそばの棚には酒器や瀬戸物類などが並んでいたが、埃をかぶっている様子はなかった。それに水甕《みずがめ》にも水があるらしく、にぶくひかっていた。山田が、人相のよくない男が出入りしていると言ったが、渋江はここを塒《ねぐら》にしているのだろう。

ふたりは、道場のまわりをひとまわりして通りに出た。

7

「おい、いるようだぞ」

源九郎が声をかけた。

渋江の道場から灯《ひ》が洩れていた。なかから男の濁声《だみごえ》や哄笑などが聞こえてくる。何人か、男たちが集まっているようだ。

山田から話を聞いた翌日、源九郎と菅井は夜になれば渋江がもどっているのではないかと思い、出かけてきたのである。

すでに、五ツ（午後八時）を過ぎていた。通りの米屋、小間物屋などの表店は板戸をしめ、ひっそりとしていたが、渋江の道場からは床を踏む音や男たちの談笑などが洩れてきていた。

源九郎は通りに面した板戸の隙間からなかを覗いてみた。深い闇につつまれていて、奥にうっすらと明りがあったが、人影は見えなかった。

「集まっているのは、裏手のようだな」

源九郎は背後にいる菅井に、どうする、と訊いた。

「渋江の顔を拝んでみよう」

菅井が言った。顔が緊張していた。裏手から覗くとなると、敵に気付かれる恐れがあったのだ。

「よかろう」

源九郎は念のため、袴の股だちを取った。菅井も黙って股だちを取り、差料《さしりよう》の目釘を確かめるように柄をにぎりしめた。

ふたりは、枝折り戸を押して敷地内に侵入した。細い月が出ていたが、建物の陰になり、辺りは漆黒の闇におおわれていた。ふたりは、手探りで裏手へまわった。しだいに、男たちの談笑の声が大きくなってくる。酒盛りでもしているらしく、酔っているような濁声が聞こえた。

ふたりは裏口の闇のなかに身を寄せ、今度は菅井が引戸の節穴からなかを覗いた。

「やつだ！　おれの腕を試した男だ」

菅井が声を殺して言った。

「どれ、わしにも見せてみろ」

源九郎が替わった。

覗くと、台所の土間のむこうの座敷に行灯がともり、男たちの姿が浮かび上がっていた。

四人いた。車座になって、酒を飲んでいる。

「まちがいない、渋江だ」

こっちへ顔をむけている男が、源九郎を襲った牢人、渋江だった。

横顔の見える長身の男の体軀にも見覚えがあった。大川端で、源九郎を襲った御家人ふうの男のようである。後のふたりは背をむけていたこともあり、何者か分からなかった。ひとりは主持ちの武士であろう、羽織袴姿である。丸顔でなで肩をしていた。もうひとりは、月代や無精髭が伸びていることから見て、牢人と思われた。

女の姿はない。お松は、ここにはいないようだ。

「おい、金は手に入るのだろうな」

渋江が念を押すように言った。源九郎たちのひそんでいる場所からちかいせいか、話し声ははっきりと聞き取れた。

「懸念にはおよばぬ。金はどちらからも入るのだ」

長身の男が答えた。

源九郎は耳をたてた。事件のことを、話しているらしい。

「おれは、その金で、玄武館や練兵館にも負けぬ道場を建てるつもりなのだ」

つづいて、渋江が低い声で言った。

玄武館は千葉周作の北辰一刀流の道場、練兵館は斎藤弥九郎の神道無念流の道場である。両道場は志学館とともに江戸の三大道場と謳われていた。

渋江は奥田から大金を脅し取って、大道場を建てる気でいるようだ。

「ところで、渋江、ちかごろ、華町とかいう隠居や仲間の連中が、しきりに嗅ぎまわっているようだが、れいの書状、奪われることはあるまいな」

羽織袴姿の男が、念を押すように訊いた。

「案ずるな。はぐれ長屋とか呼ばれている貧乏長屋の連中だが、奥田家の家臣とつながりのある華町には一太刀浴びせてあるので、しばらくは長屋から出られまい」

渋江の声に、揶揄《やゆ》するようなひびきがくわわった。

それを聞いた源九郎は、あいにくだな、わしは、ここにおるぞ、と腹のなかでつぶやいた。

「お松だが、なかなかの策士ではないか」

別の牢人体の男が言った。酔っているのか、ひどい濁声である。

「あれでな、男につくすところもあるのよ。おれは、いい女を見つけたと思っている」

そう言って、渋江が含み笑いをもらした。

思ったとおり、お松はこの男たちの仲間で、渋江の情婦《いろ》でもあるようだ。

「油断して、常蔵の二の舞になるなよ」

と、長身の武士。

「お松は、おれの女だ。初めから常蔵は、時期がきたら始末するつもりでいたのよ。それに、お松ひとりでは、あの色文も役にはたたぬ。おれたちがいるからこそ、金になるのだ」

渋江はそう言って、茶碗酒をかたむけた。

やはり、常蔵は渋江たちの手にかかったようである。

それから、渋江たちの会話は、源九郎たち長屋の者を嘲弄《ちょうろう》したり、寛永寺界隈の売女と遊んだときの卑猥な話になったり、とりとめもない猥雑なものになってきた。

源九郎と菅井は、小半刻（三十分）ほどして、引戸のそばから離れた。

「野良犬どもめ、おれたちを愚弄しおって」

通りに出ると、菅井が腹立たしそうに言った。

「飼い犬も、いたぞ」

源九郎は、御家人か旗本に仕える家士と思える長身の武士が、金はどちらからも入るのだ、と言ったのが気になった。渋江たちは、お松の掏り取った起請文と艶書で奥田家を脅して金を巻き上げようとしているだけでは、ないのかもしれない。

その懸念は、すぐに現実なものになった。源九郎と菅井が、道場に忍び込んで、渋江たちの話を盗み聞きした二日後、はぐれ長屋に石川と岩倉が顔を出した。

8

「華町、話がある」

石川の顔には、苦悶の表情があった。

「どうした」

「外へ出てくれ。ここでは話しづらい」

座敷には、お吟がいた。

「分かった」

お吟は繕い物をしていたが、源九郎たちの会話に耳をかたむけているはずだった。お吟の胸には、父の仇を討ちたいという強い思いがある。そのために、事件にかかわるような話には強い関心を示すのだ。

源九郎は、お吟にしばらく出てくる、と伝えて、石川たちとともに長屋を出た。まだ、朝方だったので、亀楽はあいていない。源九郎は、人気のすくない御竹蔵の裏手の方へふたりを誘った。

「華町、思わぬことになった」

寂しい通りへ出たとき、石川が口火を切った。すこし、声がうわずっていた。

「どうしたというのだ」

「昨日、お屋敷に勘定奉行の内藤さまが見えられたのだ」

「ほう、内藤さまがな」

「そうだ。なんでも、内藤さまのお屋敷に投げ文があり、それには殿と百嘉のおれんとの仲をほのめかす内容が認めてあったようなのだ。しかも、殿がおれんに渡した艶書の一部が添えられていたらしい。内藤さまはひどく立腹なされ、殿に詰問されたようなのだ」

付近に人影はなかったが、石川は小声で話した。岩倉は暗い顔で、石川の後から跟《つ》いてくる。

「投げ文の主は」

源九郎が訊いた。

「分からぬ」

「うむ……」

艶書の一部が添えられていたとなると、お松か、渋江たちとしか考えられない。それにしても、なぜそんなことをしたのだろう。強請《ゆすり》の種を内藤に渡してしまっては、奥田から金を脅し取れないではないか。

「それで、奥田さまはどのように答えられたのだ」

「殿は、他人の書状ではないかと、とぼけられたとか。幸い、ご記名の部分はなく、文中に兵部とだけ記してあったもので、内藤さまも確信がなかったらしく、それ以上追及なされなかったとか」

奥田の名は、兵部之介である。艶書のなかでは、兵部と愛称のように記したものなのだろう。

……これも、脅しか。

と、源九郎は気付いた。わざと、言い逃れのできる部分を内藤家に渡し、すぐに金を渡さねば、起請文も記名のある艶書も内藤家に渡すぞ、と脅しているのではないか。

「奥田さまは、どのようにせよとおおせられたのだ」

「すぐにも、起請文と他の文を取り戻すようにと。そのためには、相手の要求どおり、金を渡してもよいとのことだ」

「やはり、そうか」

奥田にしてみれば、喉元に切っ先をつきつけられたような心境であろう。

「だが、金を渡すにしても、相手がわからぬ」

石川は困惑の色を深めた。

渡したくても、千両渡すように要求のあった日は過ぎていた。しかも、相手だった常蔵は死んでいるのだ。

「相手から、何の要求もないのか」

源九郎が訊いた。

「いまのところ、何もない」

「ちかいうちに、金を要求してくるだろう」

そのとき、源九郎の脳裏に、長身の武士の口にした、金はどちらからも入るのだ、との言葉が浮かんだ。

「ところで、内藤さまのところにも金の要求があったのか」

あるいは、渋江たちは奥田家と内藤家の両方から金を取ろうとしているのではないか、と源九郎は思ったのだ。

「いや、そのようなことはないはずだが」

石川が怪訝《けげん》な顔をした。

「うむ……。話は変わるが、わしも一味の者に襲われてな。このとおり怪我をした」

源九郎は襟をひらいて腹部に巻かれた晒を見せ、大川端で襲われたときの様子を話した。すでに、痛みはなく、そろそろ晒をはずしてもいいころだった。

「そんなことがあったのか」

石川は驚いたようだった。

「どうも、わしらの動きが一味に知れているような気がしてな」

そう言って、源九郎は長身の男や本郷で見かけた武士体の男の体軀や身装《みなり》などを話して、覚えがないか、訊いてみた。

「いや、分からぬが」

石川は背後を振り返り、おぬしはどうだ、と岩倉に訊いた。

「拙者も、覚えはござらぬ」

慌てて、岩倉が首を横に振った。源九郎が手傷を負ったと聞いたせいなのか、顔がこわばっていた。

三人は、御竹蔵の裏手をまわって、大川端に出ていた。川面が夏の陽射しを反《は》射《ね》て、金砂を撒《ま》いたようにかがやいている。屋根船や猪牙舟などが、ゆったりと行き来していた。

源九郎たちは、川沿いの道を両国方面にもどりながら、

「ともかく、起請文と艶書をとりもどさねば、解決せぬな」

と、つぶやくような声で言った。

第五章　裏切り

1

深川万年町、仙台堀にかかる海辺橋のそばにちいさな桟橋があった。そこに、三艘の猪牙舟《ちょきぶね》が舫《もや》ってあった。

もっとも橋寄りに繋いであった一艘の船梁《ふなばり》に、小柄な男がひとり腰を下ろしていた。黒の半纏《はんてん》に細い股引、手ぬぐいで頬っかむりしている。どこから見ても船頭に見えるが、孫六であった。

ここ三日ほど、孫六は午後になるとはぐれ長屋を抜け出し、辺りが夕闇につつまれるまで、ここに来て腰を下ろしていた。しょぼしょぼした目を陸にむけ、何かを見つめていた。孫六が見ていたのは、仙台堀沿いの道と海辺橋から富ヶ岡八幡宮の方へつづく通りだった。孫六は、お松が通りかかるのを待っていたのである。

……このちかくに住んでいるなら、この橋を渡るはずだ。

そう、孫六は思ったのである。

孫六は、お松の顔をしらない。細身で色白の年増《としま》だと聞いていただけである。

だが、孫六には、長年岡っ引きとして培った勘があった。

……なに、腕利きの女掏摸なら、臭いがあらァ。

お松は素人の女にはない雰囲気を持っているだろう、と孫六は思っていた。

陽が西にかたむき始めていた。陽射しの強さはいくぶんやわらいできたが、川面の照り返しが顔に当たり、肌が炒《い》られるようだった。

だが、孫六はすこしも苦しいとは思わなかった。満足感がある。岡っ引きを引退し、娘夫婦の世話になってから、やることが何もなかった。娘夫婦は邪険な扱いはしなかったが、一日中長屋でごろごろしているのは気が引けたし、だれにも当てにされず、ただ老いさらばえていくのを待っているだけというのがなにより辛く情けなかった。

ところが、いま孫六はむかしと同じように女掏摸を追っていた。しかも、長屋の仲間に頼りにされ、報酬まで得ているのだ。

……きっと、この橋を通る。

孫六は、仲間のためにも、何としてもお松の隠れ家をつきとめたいと執念を燃やしていたのだ。

それから小半刻（三十分）ほどしたときだった。細縞の単衣《ひとえ》に海老茶の帯をしめた女の姿が、孫六の目に入った。女は海辺橋を八幡宮の方へ渡っていく。

……あの女、お松かもしれねえ。

ほっそりした色白の年増だった。三味線か小唄の女師匠といった感じだが、下駄を鳴らして歩く姿に、素人にはない敏捷さがあるような気がした。

孫六は舟を降り、桟橋から通りへ出た。女は、半町ほど先を歩いていく。通りの右手は寺院がつづき、左手は町家が軒をつらねていた。

女は寺院のつづく通りを抜け、掘割にかかる橋を渡った。つきあたりは、深川黒江町である。女はごてごてと小体《こてい》な店がひしめく通りから、さらに細い路地へ入っていった。しばらく歩くと、町家がとぎれ、ちいさな堀や空地などの多い寂しい地に出た。その一角に仕舞屋があった。路地に面した場所は黒板塀でかこってあり、脇や裏手は藪《やぶ》や空地になっている。

女はその仕舞屋に入っていった。

……ここが女の住居《やさ》か。

孫六は、戸口からすこし離れた藪の陰に身を隠した。なかから戸や引き出しなどをあける音がし、つづいて裏手の方から水を使う音が聞こえてきた。台所で、夕餉の支度でも始めたのであろうか。話し声は聞こえなかった。他に住人はいないようである。

孫六は、いっとき藪の陰に身をひそめていたが、そのまま通りへ出てきた。これ以上、見張っても収穫はないと思ったのである。

翌日、孫六はあらためて仕舞屋のある黒江町に出かけた。そして、ちかくの表通りに三味線屋があるのを見つけ、女のことを訊いてみた。

「ちかごろ、また、もどってきたようですよ」

三味線屋の主人が、口元に笑いを浮かべて言った。

間口のせまい小体な店だが、奥行きはひろく、三味線や琴などが綺麗に並んでいた。

主人の話によると、四、五年前からあの家に住んでいたが、ここ一年ほど雨戸をしめきったままで、姿を見せなかったという。ところが、つい最近また姿を見せるようになったというのだ。

孫六は、阿部川町の家からこちらに移ったのだろうと思った。

「なにをしてる女だい」

「さァ」

主人は、奥へもどりたいような素振りを見せた。いつまでも年寄りの話相手になっているわけにはいかないと思ったようだ。

「船頭してる倅がよ、海辺橋のそばで、あの女に声をかけられて、のぼせ上がってやがるのよ。……それで、女の素性が知りてえんだ」

そう言うと、孫六はこんなときのために用意しておいたおひねりを主人の袖の下に落とした。

「そうですか。あたしは、お薦めできませんな」

主人は相好をくずして向きなおった。

「で、なにをしてる女だい」

孫六は同じことを訊いた。

「これ、に決まってますよ」

主人は小指を立てて、口元に卑猥な笑いを浮かべた。囲い者ということらしい。

「旦那は、どんな男だ」

「それが、どれが旦那だが分からないんですよ。というのも、人相や身装《みなり》のちがうご牢人やお武家さまが、ときどき顔を出しましてね」

「お侍か」

孫六は、渋江という男や仲間の武士が顔を出すのではないかと思った。

「得体のしれない女でしてね。あたしら近所の者は、近付かないようにしてるんですよ」

「そうかい。やっぱり、倅にはあきらめさせねえといけねえな」

「そうですとも。へたに近付くと、バッサリなんてことにも、なりかねませんよ」

主人は、大袈裟《おおげさ》に首をすくめて見せた。

「ところで、女の名までは分からねえだろう」

孫六が訊いた。

「いいえ、存じてますよ。お松さんですよ」

「お松か……！」

睨んだとおりだった。それにしても、よく名まで知っていたなと思い、訊いてみると、道ですれちがったとき、牢人が、お松と声をかけたのを耳にしたというのだ。

孫六は主人に礼を言って、店を出た。それ以上、訊くこともなかったのである。それから三日ほど、孫六は午後だけ仕舞屋のちかくに来て見張り、出入りする者を確かめた。三味線屋の主人が話していたとおり、渋江らしい牢人や微禄の武士と思われる男たちが、出入りしていた。渋江だけは、泊まっていくこともあるようだった。

2

石川がはぐれ長屋に姿を見せたのは、御竹蔵のちかくを歩きながら話してから三日後だった。今度はひとりだった。石川は疲労困憊《こんぱい》しているように見えた。

ちょうど、お吟が買い物に出ていたので、源九郎は石川を呼び入れ、上がり框に腰を下ろさせた。

このところ、源九郎はまた茂次のところに居候するようになっていた。傷が癒えたし、お吟と同じ部屋で暮らしているところを君枝にでも見られたら、大騒ぎになるからである。

ただ、ときどき日中は自分の部屋へもどり、朝餉や夕餉などはお吟といっしょにとることもあった。お吟もすっかり長屋の住人らしくなり、女房連中とも気さくに冗談などをいえるようになっていた。

「なにか、動きがあったようだな」

源九郎の方から切り出した。

「そうなのだ。また、投げ文だ。今度は、常蔵の縁者と記されてあった」

「うむ……」

渋江たちであろう、と源九郎は思った。

「文言は、前とほぼ同じだ。要求は千両、七月二十五日、子ノ刻（午前零時）。今日より六日後ということになる」

「場所は」

「同じお駒稲荷のちかくの桟橋だ」

「金は渡すことになろうな」

「そのつもりだ」

「石川、わしは金を渡しただけでは始末がつかぬような気がしておる」

源九郎は、渋江たちのことや本郷の道場を探ったことなどを話した。

「そやつら、本郷にひそんでおったのか」

石川の顔に、怒りの表情が浮いた。

「そのときな、一味のひとりが、金はどちらからも入る、と口にしたのだ。わしが思うに、一味は、別々の相手から金を取ろうとしているのではなかろうか」

「そ、そのようなことが……」

石川は戸惑いの表情を浮かべて、語尾を呑んだ。

「一方は奥田さまだが、千両と引き換えに問題の書状を渡してしまっては、もう一方から金を取ることはできまい」

「……」

「一味が何をたくらんでいるかは知らぬが、まだ、六日ある。敵の思いどおりにことを運ばせることはあるまい」

「どうしたらいい」

石川はすがるような目を源九郎にむけた。源九郎を頼りにしているようである。

「もう一度、奥田さまが起請文と艶書を奪われたことから洗いなおしてみたい」

源九郎は、お松が奥田から掏《す》り取ったというのも、偶然にしてはでき過ぎている気がしていたのだ。

「何をする気だ」

「すこし、金が都合できるか。……礼金の前借りでもよい」

「それは、かまわぬが」

「百嘉にいって、おれんから事情を訊いてみたいのだ。わしだけでは、こころもとない。おぬしも、同行してくれ」

「分かった」

石川がうなずいたとき、戸口のむこうで下駄の音がした。お吟がもどったらしい。

腰高障子に女の影が映り、すぐに障子があいてお吟が顔を見せた。手にした笊《ざる》に大根が入っていた。ちかくの八百屋に買いにいったらしい。

お吟は、すぐ目の前に並んで座っている源九郎と石川の姿を見て、びっくりしたように立ちすくんだが、

「あら、お茶も淹《い》れないんですか」

と、言って、流し場へむかった。すでに、石川とは顔を合わせていたので、源

九郎の客だと知っていたのだ。

「い、いや、用件はすんだのだ。お構いなく」

慌てて、石川が腰を上げた。

「お吟、石川をそこまで送ってくる」

そう言って、源九郎も立ち上がった。

このところ、お吟がそばにいても、菅井や茂次たちと事件の話をすることがあったので、石川との会話を聞かれてもよかったのだが、事実、石川との話はあらかた済んでいたのだ。

「それで、百嘉へはいついく」

長屋を出たところで、石川が訊いた。

「明日にも。石川、このことは内密に頼むぞ」

源九郎は、自分の身辺ちかくに渋江たちに内通している者がいるような気がしていた。あるいは、その人物が影で渋江たちを動かしているのかもしれない。六日の猶予しかなかった。こっちの手の内を隠し、敏速にことを運ばなければならないのだ。

「分かった」

「では、明日……」

七ッ（午後四時）ごろ、百嘉の前で会おうと打ち合わせて、源九郎は石川と別れた。

3

おれんは、年増だったが、うりざね顔の美人だった。いかにも料理茶屋の女将らしい粋と女手ひとつで店を切り盛りしている貫禄のようなものが感じられた。

「わしは、奥田家の用人だが、女将に内密の話があってな。後ほど、席に顔を出してくれ」

玄関先に姿を見せたおれんに、石川が耳打ちした。

ふたりは二階の奥まった座敷に案内された。酒肴が運ばれ、いっときしてからおれんが顔を見せた。

「おひとつ、どうぞ」

おれんは、石川に酒をついだ後、源九郎にも銚子をむけながら、こちらのお方は、と訊いた。

「わしも奥田家に仕えている者でな。殿の命で、うかがったのだ」

源九郎がもっともらしく言った。

「それで、どういうお話でございましょうか」

おれんの顔に不安そうな表情が浮いた。

「女将は、殿がこの店を出た後、掏摸に遭ったことを知っているかな」

おだやかな声音で、石川が訊いた。

「はい、店の者から聞きまして、心配しておりました」

そう言って、おれんは眉根を寄せた。

「いま、殿は窮地にたっておられる。お仕えするわしらも座視しているわけにはいかず、奔走しておるのだが、いまだに奪われた書状の行方がしれぬ。それで、まず女将に殿と出会ったころからのことを訊きたい。……当初、殿はどのような方といっしょに店に見えたのだ」

おれんに質《ただ》したいことは、すでにふたりで打ち合わせてあった。それにしたがって、石川が訊くことになっていたのだ。

「御目付役の堀山さま、それに川上《かわかみ》さまや菊沢《きくざわ》さま……」

おれんが細い声で言った。

源九郎も、堀山幹之助のことは知っていた。奥田と同年齢で御目付役のなかでも、若いが俊英と目されている人物とか。川上貞次郎《さだじろう》と菊沢伊太夫《いだゆう》は、徒目付とのことだった。徒目付は御目付の支配下なので、ふたりのお供で来たのかもしれない。

「それで、殿と親しくなったのだな」

「当初は、ごいっしょすることが多かったのですが、そのうち、奥田さまがおひとりで見えるようになり……」

おれんはすこし頬を赤らめ、つぶやくように言った。奥田とねんごろになったということであろう。

「その、少々訊きづらいのだが、殿の恋文というか、女将に渡した書状だがな、女将から求めたのか」

源九郎が、不審に思っていたことを訊いた。いかに、惚れていたとしても、大身の旗本が料理屋の女将に、起請文や艶書など滅多なことでは書かないだろうと源九郎は思っていたのだ。

「そ、それは、お遊びで……」

おれんは、さらに顔を赤くして口ごもった。

「遊びとは」

「は、はい、初めのうちは、みなさんがわたしに言伝や付け文らしきものをくれたんです。でも、お遊びだったんです。今夜、店に行ったら自分だけを相手にするようにとか、だれそれを、今夜酔わせて駕籠《かご》で屋敷に送りとどけてやろうとか、そんな悪戯半分のものばかりでした。ところが、堀山さまたちの足が遠のくようになると、奥田さまと心が通うようになり、付け文をいただくのが、心待ちになり、わたしの方からもお渡しするようになったのです」

おれんは顔を伏せ、いっとき黙っていたが、

「わたし、主人が亡くなってから気を張りつめて店を切り盛りしてきました。それで、男の方にすがりたい気持があったのかもしれません」

と、小声で言い添えた。

おれんは正直に自分の胸の内を吐露しているようだった。

「起請文は」

「あの方が、紙と筆を貸せといって、この座敷で……。でも、酔った勢いでしたし、堀山さまたちと張り合う気持もあったからなんです」

おれんの顔に、寂しそうな翳《かげ》が浮いていた。長年、男の客に接してきたおれんには、男の浮ついた気持が分かったのであろう。

「それで、掏摸に遭った夜は」

源九郎が訊いた。

「はい、奥田さまがごいっしょされたお供の方を帰し、ふたりだけになると、いままでの付け文と起請文を返してくれとおっしゃられました。そのとき、わたしは奥田さまの縁談がまとまりかけているのを知っていましたし、すっかりあきらめてましたから、そっくりお返ししたんです。……だって、そうでしょう。料理屋の女将とお旗本でお上の大事なお役にもついておられる方といっしょになれるわけがないもの。わたし、奥田さまを恨んだりはしませんでしたよ。いい夢を見させてもらったと、感謝してたくらいなんだから」

おれんは、投げやりで蓮《はす》っ葉《ぱ》な物言いになった。言葉とは裏腹に、多少の悔しさと寂しさがあるようだ。

「わたし、せいせいして、かえってよかったと思ってるんです」

おれんは、きっぱりと言い、さァ、こんな湿っぽい話はこれだけにして、今夜は楽しく飲んでくださいな、と女将らしい顔をとりもどして言った。

源九郎は、おれんの話に嘘はないと思った。菅井が探ったこととも一致している。どうやら、おれんが渋江たちと陰で結びついているようなこともなさそうだった。もっとも、おれんが強請《ゆすり》の仲間なら、起請文や艶書を奥田に返さずに、紛失したとか言って直接渋江たちに渡せばいいのである。

いっとき、酒を酌み交わしてから、

「お松という女を知らぬか」

と、源九郎が訊いた。菅井が、お松らしい女が牢人といっしょに百嘉に入るのを目撃していたのだ。

「さァ……」

おれんは首をひねった。

「渋江又兵衛という牢人は」

お松といっしょの牢人は、渋江だろうと推測していた。

「そのお方も、存じません」

「お松は色白の垢抜けした年増でな、渋江の方は中背でどっしりした感じのする牢人だ。ふたりは、いっしょに店に来たはずだが」

「そのおふたりなら、名前は存じませんけど、みえたことがありますよ」

おれんによると、ふたりだけで何度か店に来たことがあるという。百嘉は人目を忍んで逢瀬を楽しむ客も多く、ふたりもそうした関係だろうということだった。ただ、最近は姿を見せなくなったという。

「うむ……」

渋江とお松が、この店で他の者と会って密談したわけではないらしい。ふたりは逢瀬を楽しんだだけなのだろう。

それから、半刻（一時間）ほどして、ふたりは百嘉を出た。

「どうだ、華町、何か知れたか」

神田川縁に立ち止まって、石川が訊いた。

すでに、町木戸のしまる四ッ（午後十時）ちかかった。辺りは夜陰につつまれ、通りに人影はなかった。

石川の仕える奥田家は下谷の三味線堀のちかくにある。源九郎の長屋は本所相生町にあるので、ふたりは柳橋で別れなければならない。

「だいぶ、はっきりしてきた。……ところで、奥田さまが掏摸に遭った夜、お供についたのはだれなのだ」

源九郎が訊いた。

「岩倉だが」

「そうか。……ところで、岩倉は屋敷内に住んでいるのか」

「屋敷内の長屋に住んでいるが、どうかしたのか」

「いや、何も確かなことは分からぬが、座視しているわけにもいかぬし、われらに残された日も長くない。……石川、ちと、耳を貸せ」

源九郎は石川に身を寄せ、なにやらささやいた。

石川が驚いたように目を剝き、すこし蒼ざめた顔で夜陰を見つめていたが、

「分かった。やってみよう」

と言って、大きくうなずいた。


その夜、茂次のところにもどると、孫六が顔を見せていた。

「旦那、お松の住居《やさ》が知れましたぜ」

孫六は、源九郎と顔を合わせると目を糸のように細めた。孫六が重大な手がかりをつかんできたときの顔である。

「さすがだな、孫六。たいしたものだ」

源九郎がそう言って驚いて見せると、そばにいた茂次が、

「あっしも、むかしの腕はにぶっちゃァいねえと、感心したんでさァ」

と、言い添えた。

孫六は満足そうに、へらへらと笑っている。

「明日にも、お松をつかまえて色文の在処《ありか》を吐かせますかい」

茂次が訊いた。

「いや、待て。いま、お松をつかまえることはできん」

お松を捕縛すれば、起請文と艶書を手にする前に、渋江たちが動くはずだ。下手をすると、奥田家ではなくもう一方へ問題の書状類を持ち込むかもしれない。そうなると、奥田家にとっては、取り返しのつかない状況に追い込まれることになる。

「その前に、やることがある。ふたりとも手を貸してくれ」

源九郎は、石川に話した策をふたりにも話した。

「そいつはいいや」

孫六が目をひからせた。

「それで、菅井の旦那は」

茂次が訊いた。

「むろん、菅井の手も借りる」

4

奥田家は、大身の旗本らしい豪壮な長屋門を構えていた。その門のむこうには、母屋や中長屋、土蔵などが幾棟もつらなっている。

源九郎は孫六とともに、その門と斜向《はす》かいにある旗本屋敷の築地塀の陰に身をひそめていた。

すでに、旗本屋敷の門限と言われている五ツ（午後八時）ちかかった。月は出ていたが、あたりは夜陰につつまれ、ひっそりとしていた。奥田家も闇のなかに沈み、物音も人声も聞こえてこない。

……今夜も動かぬか。

源九郎たちが、奥田家を見張るようになって二日目だった。

源九郎は、渋江たちと通じ、情報を流している者が奥田の家臣のなかにいるのではないかとみていた。

源九郎たちの動きが、渋江たちに洩れているような節があったし、奥田家と内藤家の縁談のことを知らなければ、起請文や艶書の重要性が分からないはずなのだ。

……内通者をおびき出してやる。

と、源九郎は思った。そこで、石川に頼んで、ちかいうちに本郷の道場に踏み込んで家捜しするとの情報を家臣の間に流してもらったのだ。

道場には、渋江や他の仲間がたむろしている。家臣のなかに仲間がいれば、かならず道場へ出向き、渋江たちに知らせるだろうと読んだのである。

念のため、道場の方には菅井と茂次が張り込んでいた。

「旦那ァ、寝ちまったようですぜ」

孫六が、生あくびを噛み殺しながら言った。

「もう少し、待ってみよう」

源九郎が、そう言ったときだった。

表門のくぐり戸から、人影があらわれた。だれだか分からない。そこは長屋門の陰で闇が濃く、ぼんやりとした輪郭が見えただけである。すぐに草履で小砂利を踏む足音がし、人影が月明りのある通りへ出てきた。

「岩倉だ……」

声を殺して、源九郎が言った。

それほどの驚きはなかった。やはり、あの男だったか、という思いが、源九郎にはあった。

　岩倉が渋江たちの仲間なら、いくつかの疑念が解ける。常蔵がこちらの出方をつかんでいて起請文や艶書を持参しなかったこと、源九郎の動きを知っていて大川端で襲ったらしいこと。それに、奥田が百嘉からの帰りに起請文と艶書を掏られたことも、岩倉がお松に知らせたと考えれば、納得できるのだ。

　奥田邸を出た岩倉は、急ぎ足で本郷方面へ歩いていく。

「孫六、尾《つ》けるぞ」

「へい」

　ふたりは、塀の陰から通りへ出た。

　岩倉は半町ほど前を歩いていく。通りの左右は旗本や御家人の屋敷がつづき、洩れてくる灯もなくひっそりと寝静まっていた。

　しばらく歩いたとき、孫六が振り返った。

「旦那ァ、あっしの後を少し間をおいて尾いてきてくだせえ。どうも、足音が大きくていけねえ」

　孫六が眉根を寄せて言った。

　源九郎の歩き方がまずいらしい。そういえば、孫六はほとんど足音をたてずに歩いている。さすがに、長年岡っ引きとして生きてきた男である。足音をたてずに尾行する法も心得ているらしい。

「わかった。ここは、孫六にまかせよう」

そう言い置いて、源九郎は後ろへ下がり、さらに半町ほど後ろから孫六を尾けることにした。そうすれば、岩倉まで足音はとどかないのだ。

前方の岩倉は、下谷御成街道を横断し神田明神の裏手を通った。やはり、本郷の道場へいくようである。しばらく歩いて中山道へ出ると、照妙寺の門前を通って裏手へとまわった。

源九郎はすこし足を速めて孫六との距離をつめた。ここまでくれば、岩倉の行き先ははっきりしているし、道が曲折しているので気付かれることもない。

岩倉は、道場の前で立ち止まり、尾行者を確かめるように左右に目をやってから、枝折《しお》り戸を押してなかに入っていった。

源九郎と孫六は、足音を忍ばせて道場の前を通り過ぎ、すこし離れた足袋屋の陰に足を運んだ。そこで、菅井と茂次が見張っていることになっていたのだ。

源九郎たちが近付くと、菅井と茂次が通りに出てきた。

「見たか、いま入った男を」

「ああ、岩倉だな。やつが、内通しておったのか」

菅井の顔に、怒りの色が浮いた。

「なかには、だれがいる」

源九郎が訊いた。

「渋江のほかに三人。牢人がひとり、武士がふたりだ。いずれも、この前、見た男だよ」

「そうか」

岩倉をくわえて五人である。お松を除いた一味全員が、集まっているのではないだろうか。

「どうする。ここで始末をつけるか」

「いや、それはできぬ。まず、起請文と艶書をとりもどすことが先だ」

「今夜は、このまま引き下がるのか」

菅井は不服そうな顔をした。

「いや、せっかくだ。他の男たちの正体もつかんでやろう」

源九郎は、牢人はともかく武士体の男が気になっていた。とくに長身の武士が、以前覗いたときの物言いから、渋江につづく首謀者のひとりではないかとみていた。源九郎は、その武士の正体をつかむことで、一味の全貌がみえてくるのではないかという気がしていたのだ。

「ここから、なかにいる者たちの後を尾ける」

岩倉は、奥田屋敷に帰るはずなので、尾行の必要はなかった。渋江は、ここから出るとすれば、お松のところであろう。となると、残りの三人である。手分けして尾ければ、それぞれの行き先がつきとめられる。

源九郎がそのことを話すと、三人は無言でうなずいた。

「出て、きましたぜ」

源九郎たちが、足袋屋の陰に身をひそめて小半刻したとき、戸口で話し声がし、武士体の男がふたり出てきた。岩倉と牢人体の男である。

「それじゃァ、あっしが」

茂次が前に出た。牢人は茂次が尾ける手筈になっていたのである。

「手を出すなよ。気付かれたら逃げろ」

源九郎が、念を押すように言った。

「分かってますよ。それじゃァ」

言い置いて、茂次が通りへ出ていった。

それから、しばらくして今度は、三人がいっしょに姿を見せた。渋江、長身の武士、丸顔でなで肩の武士。全員が道場から出るらしい。

「渋江はいい。おれと、孫六で長身の男を尾ける。菅井は、丸顔の男を頼む」

「承知した」

渋江たち三人は道場を出ると、いっしょに中山道へ出た。しばらく湯島の方へ歩き、まず渋江がふたりと別れ、左手の脇道に入った。やはり、お松のいる深川へ行くらしい。

ふたりの武士は、肩を並べて中山道を歩いていたが、湯島の聖堂の手前を右手にまがった。すぐに、神田川沿いの道につきあたり、さらに右手に道をとった。水道橋の方へむかっていく。通りの左手には神田川が流れ、右手は旗本屋敷がつづいていた。夜は深々と更け、足元で神田川の川波が岸を洗う音がひびいていた。

ふたりの武士は、水道橋の手前の武家屋敷の前で立ちどまり、尾行者を確認するように辺りに視線をまわし、表門のくぐり戸から入っていった。

「おい、同じ屋敷へ入っていったぞ」

菅井が驚いたような顔をして言った。

「どうやら、旗本の家臣のようだな」

ふたりのはいった屋敷は、長屋門を構えた千石前後の旗本の屋敷である。まさか屋敷の主が夜更にごろんぼう（無頼漢）道場に出入りするようなことはあるまいから、家士とみていいだろう。

「だれの屋敷か分かるか」

源九郎が訊いた。

「いや、分からん」

菅井は首を横に振ったが、脇にいた孫六が、

「たしか、御目付の堀山さまですぜ」

と、目をひからせて言った。

「堀山か……」

そのとき、源九郎の脳裏にひらめくものがあった。

一味が金を取ろうとしているもう一方は、堀山幹之助ではあるまいか。堀山は奥田と出世争いをしている御目付である。奥田が内藤に睨まれ将来の栄進の道を失えば、かわりに堀山の前途がひらけるのである。まったく別の意味で、堀山は起請文や艶書が欲しいはずだ。多少の金を積んでも買い取るかもしれない。その

ことを知った岩倉が、堀山の家臣とむすびついて、両家から金をせしめようとしたのではないか……。

源九郎は、一味の悪計が読めた気がした。同時に、腹立たしさを覚えた。人の弱みや欲につけこんで、己の仕えている主から金を取ろうとしているのである。

「旦那方、どうしやす」

孫六が訊いた。

「ふたりの名が、分かるといいのだがな」

「ようがす、明日にもあっしがつきとめますぜ」

孫六が自信のある声で言った。

5

翌日、源九郎の部屋に、四人の男が集まっていた。源九郎、菅井、茂次、孫六のいつもの四人である。お吟もいた。このところ、源九郎たちはお吟がそばにいても気にせず話していた。お吟も、それとなく相談にくわわることもあった。お吟は父親を殺した相手や事件のことが知りたいらしく、源九郎にそうするよう頼んだのだ。それに、ちかごろ源九郎をはじめ菅井たちも、お吟を何となく自分たちの仲間のような目で見るようになってきたのである。

お吟が出した茶をすすった後、

「昨夜のふたり、名が知れやしたぜ」

と、孫六が口火を切った。

孫六の話によると、長身の武士が堀山家用人の荒垣秀三《あらがきしゅうぞう》、丸顔の武士が若党の小松重三郎《こまつじゅうざぶろう》とのことだった。

つづいて、茂次が後を尾けた牢人のことを話した。それによると、名は船岡誠次《ふなおかせいじ》、神田須田町の長屋に住む牢人だった。何をして暮らしているかは分からないが、若いころに小石川の高桑道場に通ったことがあるという。

「高桑道場で、渋江とつながったのだな」

菅井が言った。

「さて、これからどうするかだが、そう悠長に構えている余裕はない」

渋江たちが金を要求している日は、明後日である。渋江たちを討つ前に、起請文と艶書をとりもどしたかった。

「問題の書状だが、わしはお松のところにあるとみている」

本郷の道場にある可能性もあったが、昨夜留守にしたことで、そこにはないと源九郎は読んだのだ。

「まず、明日だが、手分けして渋江たちの動向をつかんで欲しいのだ。それも、夕刻がいい」

源九郎は、孫六にお松の家、菅井に本郷の道場、茂次に堀山屋敷を見張るよう頼んだ。

「それで、旦那は」

茂次が訊いた。

「わしは、岩倉にあたる」

源九郎は岩倉の動向だけでなく、石川と会って打ち合わせたいこともあったのだ。

「では、明日の夕刻、またここへ集まってくれ」

源九郎がそう言うと、一同が立ち上がった。

翌日、昼食をとった後、源九郎は下谷にある奥田の屋敷にむかった。しばらく、表門のちかくで待ち、通りへ出てきた中間に袖の下を使って、石川を呼んでもらった。

くぐり戸から出てきた石川が、驚いたような顔をした。源九郎の方から、訪ねてくるとは思わなかったのであろう。

「どうした、華町」

「ここは、まずい。岩倉に見られたくないのでな」

源九郎は石川の袖を引き、旗本や御家人の屋敷のつづく路地へ入った。

「やはり、岩倉も一味か」

肩を並べて歩きながら、石川がけわしい顔で訊いた。

すでに、岩倉の名は百嘉の帰りに石川に告げてあった。ただ、源九郎は、あるいは岩倉が内通しているかもしれぬ、とだけ知らせておいたのだ。

「そのことを話す前に、訊きたいことがある」

「なんだ」

「岩倉だが、小石川にある馬庭念流の高桑道場に通っていたことはないか」

「そう言えば、若いころ高桑道場で学んだことがあると聞いた覚えがあるが」

「やはり、そうか」

どうやら、渋江たちとは道場で知り合った仲間のようだ。

「これで、はっきりした。岩倉は、今度の事件の首謀者のひとりだな」

源九郎が断定するように言った。そして、岩倉が、問題の書状を持って百嘉を出る奥田のことをお松に知らせたと思われること、源九郎たちの動向を渋江たちに知らせていたこと、いまも本郷の道場で渋江たちと会っていることなどを話した。

「お、おのれ、岩倉！」

石川の足がとまった。激怒に、体が顫《ふる》えている。

「主を裏切り、われらをも裏切りおって……」

石川は、絞り出すような声で言った。石川にすれば、信頼していた配下に裏切られた思いが強いのだろう。

「だが、いま岩倉を討つことはできぬぞ」

源九郎は、堀山家の家臣がふたり一味にくわわっていることを話し、いま岩倉を討てば、起請文と艶書は堀山に売られ、ひそかに内藤家にとどけられる恐れがあることを言い足した。

「うむ……」

石川の顔が怒りと悔しさでどす黒く染まった。

「いま、岩倉は屋敷にいるのか」

源九郎が訊いた。

「いる、長屋にな」

「何とか、今夜だけは屋敷内にとどめてくれぬか。その間に、わしらが問題の書状をとりもどす」

「まことか」

「ああ、夜更けか、明日未明になるかも知れぬが、屋敷にとどけにこよう」

源九郎は、そのときくぐり戸をたたくから顔を出してくれ、と頼んだ。

「分かった。そのときまで、待とう」

石川の顔の紅潮が消え、こわばった表情で虚空を睨みながら、岩倉、ゆるさぬぞ、とつぶやいた。

6

その日の夕刻、ふたたび源九郎の部屋に、四人の男が集まった。

まず、孫六がお松の家の様子を話した。それによると、お松のほかに渋江と牢人の船岡が来ているとのことだった。

「船岡もいるのか。それで、堀山屋敷の方は」

源九郎が茂次に訊いた。

「へい、七ツ（午後四時）ごろ、荒垣と小松が屋敷を出やして、本郷の道場へむかいやした」

茂次がそう話すと、

「後は、おれから話そう」

と、菅井が話を引き取った。菅井によると、荒垣と小松は、道場で酒を飲み始めたという。

「おそらく、いまも飲んでいると思う」

菅井がそう言うと、茂次も同意するようにうなずいて見せた。

これで、一味五人の所在が知れたことになる。

「わしは、今夜、一気に片をつけるつもりだ」

源九郎が、重いひびきのある声で言った。いつもとちがう凄味のある面貌《おもて》だった。部屋をおおい始めた夕闇のなかで、双眸がうすくひかっている。

「そこでな、わしに策があるのだが」

源九郎がそう言うと、菅井たちがにじり寄って膝をつめた。土間にいたお吟も、すこし近寄って上がり框に腰を下ろした。顔は外をむいていたが、聞き耳を立てているようだった。

「今夜、お松の家に火をかける」

えっ、という声が、茂次の口から洩れた。

「火を！　旦那ァ、そいつはいけねえ。下手に火をつけて燃え広がったりしたら、大勢の者が泣きをみますぜ」

茂次が顔をゆがめて言いつのった。

「いや、わしの言葉が足りなかった。実際に火をつけるわけではない。すこし煙でも出して、火事騒ぎを起こせばいいのだ。幸い、お松の家は、まわりが藪や空地というではないか」

「へい、近所の家はすこし離れておりやす」

孫六が言った。

「それでな、お松が飛び出してきたところを捕らえ、問題の書状を奪うのだ。火事ということになれば、お松はかならず書状を持って出てこよう」

お松の留守を狙って家捜しする余裕はなかった。それに、家捜ししても発見できるとはかぎらない。

「そういう段取りでやすか」

茂次が、納得したようにうなずいた。

「だが、華町、渋江と船岡がいるぞ。お松から書状を奪うのも、容易ではあるまい」

菅井が口を出した。

「それでな、菅井と孫六の手を借りたい」

源九郎は、渋江と船岡に源九郎と菅井が立ち向かい、孫六にお松を取り押さえてもらいたいと言い添えた。

「それで、あっしは」

茂次が不満そうな顔を源九郎にむけた。

「茂次には、本郷の道場にいる荒垣と小松を見張ってもらいたいのだ。ふたりが、お松の家へでも来ると面倒だし、できれば、今夜中にふたりも始末したいのでな」

「分かりやした」

茂次は納得したようだった。

「今夜は大勝負だ」

源九郎は強いひびきのある声で言ったが、胸の内には強い危惧があった。源九郎は己の手で渋江を斬るつもりでいたが、果たして斬れるのか、という不安がある。さらに、足の不自由な孫六が、お松を取り逃がさないかという懸念もあった。

いっとき男たちが口をつぐみ、その場を沈黙がおおった。重苦しい沈黙だった。四人の男たちを緊張と不安がつつんでいる。

そのとき、源九郎たちに背をむけて聞いていたお吟が、ふいに立ち上がった。そして、何かを思いつめたような目をして源九郎を見つめながら、

「あたしに、やらせておくれ」

と、強い口調で言った。

「お吟に……」

源九郎はお吟が何をやる気でいるのか分からなかった。

「あたしが、お松のふところから抜くよ」

「掏り取るというのか」

「そう、あたし、おとっつァんの敵が討ちたいんだ。でも、あたしは武家の娘じゃないから刀をふりまわすつもりはないし、あたしはあたしのやり方で、仕返しをしてやりたいんだよ」

「うむ……」

たしかに、お松が奥田から起請文と艶書を掏り取ったために、栄吉も死ぬ羽目になったといえなくもない。そのお松のふところから掏り返して、怨みを晴らしたいということなのだ。

袖返しのお吟が、転びのお松のふところから掏り取るという。だが、お吟は足を洗って長い。それに、お吟自身が、水仕事で荒れた手で掏摸は無理だと言っていたではないか。

「お吟、できるのか」

源九郎が念を押すように訊いた。

「やるよ。あたしの腕をお松に見せてやる」

お吟はそう言うと、右袖をたくし上げて、手首に結んであった赤い糸を歯で嚙み切った。栄吉がお吟の右腕を封印した糸である。

「そのかわり、旦那に頼みがある。この糸を刀に巻き付けて、渋江を斬っておくれ。あたしが旦那の手を借りて、おとっつァんを斬った男を討つんだ」

お吟は、眦《まなじり》を決したような顔をして言った。

「分かった。お吟とともに、渋江を討とう」

源九郎は、お吟から赤い糸を受け取り、刀の柄に結びつけた。

「よし、やるぜ！」

茂次が重苦しい雰囲気を突き破るように声を上げた。

話が終わると、まず、茂次が本郷の道場へむかった。それから、一刻（二時間）ほど置いて、源九郎たち四人がはぐれ長屋を出た。

四ツ（午後十時）を過ぎていた。寝静まった町筋を、四人は深川黒江町へ足早にむかっていく。

第六章　対　決

1

風があった。暑熱をふくんだ生暖かい風である。仕舞屋の脇や裏手をおおった笹藪や雑草が、ザワザワと揺れていた。上空に月が出ていたが、風で流された雲がときどきおおい、あたりを濃い闇でつつんだ。

源九郎たち四人は、いったん仕舞屋の脇の丈の高い叢《くさむら》のなかに身を隠し、あたりの様子をうかがっていた。すでに、源九郎と菅井は袴の股だちをとり、足元は草鞋《わらじ》でかためてあった。

まだ、板戸の隙間からかすかな灯《ひ》が洩れていた。風音のなかに、女の嬌声や男のくぐもったような声が聞こえた。酒でも飲んでいるらしい。

「あっしが、なかを覗いてきやすぜ」

そう言い置いて、孫六が叢から抜け出た。

孫六は枝折《しお》り戸から仕舞屋の板壁に張り付き、やもりのように身を移動させて板戸の隙間からなかを覗き込んだ。足は不自由だが、腕のいい岡っ引きらしい身のこなしである。

いっときすると、孫六がもどってきて、

「三人で、酒を飲んでますぜ」

と、報告した。

「よし、では、手筈どおり」

源九郎がそう言うと、菅井たちも立ち上がった。

菅井と孫六が仕舞屋の裏手にまわり、源九郎はさっき孫六が張り付いていた板戸のそばへ行き、お吟は枝折り戸から少し離れた通りの樹陰にしゃがみ込んだ。

幸い、風音が源九郎たちの移動の音を消してくれた。

源九郎は板戸の隙間からなかを覗き込んだ。そこは、台所にちかい板敷きの間だった。渋江と船岡が向き合って飲んでいた。お松は渋江の肩にしなだれかかるようにしていたが、ときどき貧乏徳利の酒をふたりについでやっている。お松の伝法《でんぽう》な物言いや、渋江と船岡のぼそぼそとした話し声などが聞こえてきた。いかにも、無頼牢人の情婦《いろ》の隠れ家といった猥雑な雰囲気がただよっている。

一方、裏手にまわった菅井と孫六は、裏の笹藪のなかから切ってきた笹を手にして裏口へ近寄った。

「旦那、このあたりの風向きがちょうどいいようで」

風は裏手から戸口の方にむかって吹いていた。煙を出して戸をあければ家のなかへ流れ込む。

「おい、戸があくぞ」

引戸に手をかけた菅井が、声を殺して言った。すでに、一寸ほど隙間があいている。

「そいつは、ありがてえ」

戸に心張り棒でもかってあれば、はずすか、それともちかくの障子窓を破るかするつもりで、匕首を用意したが使う必要はなさそうだった。

「旦那、それじゃァ、あっしが火をつけやすぜ」

そう言うと、孫六は笹を戸口のそばに集めて風を避けるようにかがみ込み、ふところから火口箱《ほくち》（火打ち石、火口、付け木などを入れた箱）をとりだした。そして、火つけ道具で火をつけて笹に火を移した。

その間に、菅井が引戸をそろそろと一尺ほどあけた。なかにいる三人は気付かないらしく、談笑や瀬戸物の触れ合う音などが聞こえてきた。

すぐに、孫六の膝先で火が燃え上がり、白煙が立ち上ぼった。そして、パチパチと笹の爆《は》ぜる音がひびき、白煙が風とともに吸い込まれるように家のなかへ流れ込んでいく。

ふいに、孫六が立ち上がって、火事だァ！　と声を上げた。つづいて、すこし場所を移した菅井が、燃えてるぞ！　火を消せ！　と声を上げた。さらに、家の前方から女の声で、火事！　火事！　と叫ぶ声が聞こえた。お吟である。そうした声は、火事に気付いた近所の者が飛び出してきて騒いでいるように聞こえた。


そのとき、源九郎は板戸の隙間から酒盛りをしている三人の動きを見つめていた。流れ込んでくる煙に、まず気付いたのはお松だった。

お松は渋江にしなだれかかっていた身を起こし、何か燃えてる、と言って、左右に首をまわした。つづいて、裏手から激しい火勢を思わせるような爆ぜる音が聞こえ、家の周囲から火事を知らせる男女の叫び声が起こった。

「おまえさん、火事だよ！」

お松が、顔をこわばらせて立ち上がった。渋江と船岡も、かたわらに刀をつかんで立つ。流れ込んできた煙で、部屋は白くかすんできている。

「に、逃げなけりゃァ」

お松がおろおろしながら言った。

「お松、例の物だ。あれを燃やしたら元も子もないぞ」

渋江が声を上げた。

「わ、分かった」

お松は、部屋の隅の箪笥に走り寄り、小引き出しから何か紙のような物を取り出して、ふところに入れた。

「火は裏手のようだ。表へ出るぞ」

そう言うなり、渋江は身をかがめて戸口の方へ走り、つづいてお松、船岡が慌てて出ていく。

この様子を目撃した源九郎は、板戸からすこし離れ、伸び上がるようにして片手をぐるぐるとまわした。渋江たちが、表へ出たという合図を菅井、孫六、お吟に送ったのである。

それを見た菅井が、すぐに源九郎のそばに駆け寄ってきた。孫六は、まだ火のそばにいて煙をたてているようである。

「菅井、船岡を頼む。おれが、渋江を斬る」

源九郎が強い口調で言った。

「承知」

ふたりは、渋江たちのいる表口へむかって走りだした。

戸口から飛び出した渋江たち三人は、家からすこし離れた場所で立ち止まり、背後に目をやった。

「おい、たいしたことはないぞ」

渋江が、周囲に首をまわしながら気抜けしたような顔をした。

家の裏手から、わずかな白煙が立ち上ぼっているだけである。近所の者が騒いでいるような様子もない。笹藪や叢が、風に揺れ、ざわざわと音をたてているだけだった。

「火は、消えそうだよ」

お松も拍子抜けしたような声で言った。

「小火でも、近所の者が集まってきたら面倒だ。明日、大仕事をひかえているのでな。今夜は、本郷の道場に身を隠そう」

そう言って、渋江たち三人が通りへ出て歩き始めたときだった。

後ろで足音がした。三人は、ギョッとしたように立ち止まって振り返った。

裏手から走り出た源九郎と菅井である。

「渋江、船岡、命はもらったぞ」

突如、源九郎が声を上げた。

「華町と菅井か！」

ふたりだけと見て、渋江と船岡が向き直った。逃げずに、戦う気になったようだ。そこへ、叢を踏む音をさせて孫六が姿を見せ、お松の方へまわり込もうとした。

「お松、おまえは逃げろ。爺々《じじ》いは足が悪いようだ」

渋江が怒鳴った。

「分かったよ」

お松が通りを走りだした。

2

お吟は、手を振る源九郎の姿を見ると、立ち上がって樹陰から出た。まだ、仕舞屋から出てくるお松の姿は見えなかった。

いっときすると、仕舞屋の戸口からふたりの男と女が姿を見せた。女は細縞の単衣に海老茶の帯をしめ、黒下駄をつっかけていた。

「お松だ」

遠方のため顔までは分からなかったが、孫六から聞いていた身装《みなり》である。

それに、お吟は一度だけ、お松を見たことがあった。両国広小路を歩いていたとき、大店《おおだな》の旦那ふうの男の肩口に、背後から近寄ってきた女がいきなり突き当たった。男が驚いたように振り返り、女はよろけたように体勢をくずして男の胸元にしがみついた。

「抜いた!」

お吟は、女が男の懐中の物を掏り取るのを見た。

女は男に詫びを言って、そのまま遠ざかっていく。男は懐中の物を掏られたことに気付かず、鼻の下をのばして女の姿を見送っていた。

……あれが、転びのお松か。

お吟は、むかしの仲間に名を聞いていたので、すぐに分かった。そのときのお松と体付きも同じである。お松といっしょに家から出てきたふたりの男は、渋江と船岡であろう。

すぐに、お松と渋江たちのそばに、源九郎と菅井が走り寄っているのが見えた。そのとき、お松が男のひとりに何か言われ、ふいに走りだした。

お松が、こっちにくる。

お吟の体が小刻みに顫《ふる》えだし、心ノ臓が早鐘のように鳴りだした。

……お吟、なに顫えてるんだい。あたしには、おとっつァんがついてるじゃないか。

お吟は、胸の内で自分を叱咤するように叫んだ。そして、ひとつ大きく息を吐くと、右手を何度か握りしめた後、指先を左手でなでた。若いころ、獲物のふところを狙うとき無意識にしていた癖だった。

お松の下駄の音がしだいに近付いてくる。

……お松、あたしの袖返しをみせてやるよ。

お吟は、道の右側に位置をとり、ちかづいてくるお松にむかって歩きだした。

すこし顔が蒼ざめていたが、顫えはとまっている。

お松は前方から歩いてくるお吟の姿を見て、ハッとしたように足をとめた。路傍は暗く、お吟の顔は見えなかったようである。お吟がちいさく頭を下げてさらに路傍に寄ったのを見て、お松は通りがかりの町娘と思ったらしく、足早に歩きだした。

ガッ、ガッ、とお松の下駄が砂利を嚙む音がひびいた。月光に浮かび上がったお松の顔はこわばり、細い切れ長の目がつり上がっていた。ひどく興奮し、慌てているようだった。

お吟も頭を下げたまま歩きだした。袖返しも背後から近付いて左肩で突き当たり、相手が振り向いた瞬間、右手で懐中の物を抜くのだが、前方から来る相手に後ろから突き当たることはできない。擦れ違いざま横から肩を当てるより他に手はなかった。

お松が、お吟の左手を通り過ぎようとした瞬間だった。

アッ、と声を上げ、お吟は何かにつまずいたような格好で、お松の肩先に自分のそれを当てた。

「何、するんだい！」

怒りの声を上げて、お松が振り返った。

瞬間、お吟は左手を口元にやりながら慌てた様子で、御免なさい、と謝って、頭を下げた。そのとき、お吟の右手が左手の袖の下に隠れて伸び、お松のふところから厚みのある書状を抜き取っていた。

お松は、まったく気付かなかった。興奮し、慌てているせいもあったろう。

「気をつけておくれよ」

お松は、捨て台詞を残して小走りに離れていった。

慌ただしそうな下駄の音が、お吟の背後へ去っていく。だが、五、六間も離れたところで、ふいに下駄の音がやみ、

「ちょっと、お待ち！」

お松の甲高い声が聞こえた。

お吟が振り返ると、お松はふところに手をやり、こっちへもどってくる。掏られたことに気付いたようだ。

「おまえ、だれだい」

お松は怒りに声を震わせて誰何《すいか》し、足早に引き返してきた。

「中抜の栄吉の娘、お吟だよ」

お吟も声を上げた。

「ち、ちくしょう、あたしをこけにしやがって」

お松の声は憤怒に震えていた。掏摸にとって、掏摸に掏られるほどの屈辱はない。しかも相手は、同じ女掏摸なのだ。

お松は、つかみかかるように両手を前に突き出し、激しい勢いで駆け寄ってきた。

そのときだった。道端の灌木の陰から、ふいに人影が飛び出した。獲物を追って藪から走り出た獣のようだった。頬っかむりした男である。刃物を手にしているらしく、手元が月光を反射《はね》て青白くひかった。

「お松、親分の怨み！」

一声上げ、男はお松の脇から突き当たった。

ギャッ、という叫び声が夜陰をつんざき、お松の体がのけ反った。お松は呻き声を上げながらよろよろと二間ほど歩いたが、がっくりと膝をついて前につっ伏した。

……利根吉だ！

お吟は、男の横顔から利根吉だと分かった。

利根吉は、お松のそばに立ってハァ、ハァと荒い息をついていたが、

「おらァ、おめえだけは勘弁できねえんだ」

吐き捨てるようにそう言うと、きびすを返して駆けだした。その後ろ姿が、夜の闇のなかに溶けるように消えていく。

……あいつ、常蔵親分の怨みを晴らしたのだ。

長屋から逃げた利根吉は、お松を討つためにつけねらっていたにちがいない、とお吟は思った。

……あたしにだって、おとっつァんを殺された怨みがあるんだ。

お吟はそうつぶやいて、右手で左のたもとを押さえた。なかに、お松から掏りとった厚みのある紙が入っている。

3

「華町、こんどは大川端のように逃げられぬぞ」

渋江が低い声で言った。眉の濃い、剛悍な面貌《おもて》が、月光のなかに浮かび上がっていた。源九郎を見つめた双眸が、夜禽のようにうすくひかっている。

両者の間合は三間の余。向き合っていたが、まだ抜き合わせていなかった。

一方、菅井と船岡は、源九郎たちからすこし間を置いて対峙していた。船岡は抜刀し、菅井は柄に手をかけて抜刀体勢をとっている。

「こんどは、逃げぬ。渋江、この糸を見よ」

源九郎は、刀の柄にしばってある赤い糸を見せた。

「……」

渋江の顔に怪訝そうな表情がよぎったが、無言だった。

「この糸には、おまえが斬った栄吉の娘の怨念がこもっておる。うぬを斬らねば、怨みは晴れぬ」

「笑止」

渋江は表情を動かさずに低い声で言った。

「わしも、うぬを斬らねば、あの世で栄吉に合わせる顔がないのでな」

そう言うと、源九郎はゆっくりと抜刀した。

五尺七寸ほどのどっしりした体に気勢が満ち、さらに大きく見えた。顔も豹変していた。茫洋とした人のよさそうな表情が消え、ひきしまり、眼光が射るように鋭い。剣客らしい凄味のある面貌《おもて》である。

源九郎は青眼に構え、切っ先を敵の臍《へそ》のあたりにつけた。やや剣尖《けんせん》を低くしたのは、渋江を気魄で攻めようとしたからである。

対する渋江も抜いた。月光を映じた刀身が銀蛇のようにひかり、渋江の全身から痺れるような殺気が放射される。

渋江も低い青眼に構え、切っ先を源九郎の胸のあたりにつけた。足を八文字にひらき、やや膝をまげている。どっしりした構えである。剣尖に気魄がこもり、そのまま突いてくるような鋭い威圧感があった。剣尖は渋江の方がわずかに高かったが、間合が遠いため、傍目には同じように見える。

「鏡新明智流、華町源九郎、まいる」

源九郎が名乗ったが、渋江は無言だった。

渋江は足裏をするようにして、すこしずつ間をつめてきた。左右の足をたがいちがいに前に出してくる。しだいに、渋江の体に気勢が満ち、冷たい表情のない顔に朱がさしてきた。腰を沈めた渋江の構えが、源九郎の目に巨岩のように見え、そのまま押し潰されそうな威圧を感じた。

渋江の趾《あしゆび》が、一足一刀の間境に迫ってきた。

……寄らせぬ。

源九郎は、剣尖に斬撃の気配を込めながら全身で攻めた。気攻《きぜ》めである。

渋江の寄り身がとまった。

ふたりの体は微動だにしない。呼吸すら感じさせないほど、静かである。ただ、斬撃の間の手前で向き合ったふたつの切っ先が、生きているように小刻みに上下していた。

塑像のように動かないふたりから、痺れるような剣気が放射されている。ふたりの気の攻め合いだった。気合も牽制もない。ほぼ互角の気攻めである。

時がとまっていた。笹藪や叢を揺らす風の音だけが、ふたりをつつんでいる。

そのとき、ふいに凄まじい絶叫が夜気を劈《つんざ》いた。船岡が菅井の抜きつけの一刀を浴びたのだ。

その絶叫がふたりの剣の磁場を裂いた。

突如、源九郎と渋江の間に稲妻のような殺気が疾《はし》った。

イヤアッ!

タアッ!

ふたりの鋭い気合がほぼ同時に発せられ、閃光が疾り、疾風のように体《たい》が躍った。

源九郎は短い踏み込みで、青眼から籠手《こて》へ。

渋江の切っ先が、源九郎の刀身を巻くようにちいさな弧を描いて、胴へ伸びる。

わずかに右手に体をひらいた渋江と源九郎がいれちがい、反転し、間をとって、ふたたび切っ先をむけ合った。

源九郎の右脇腹の着物が裂けていた。だが、肌まではとどいていない。源九郎の踏み込みがわずかだったため、渋江の斬撃は胴へとどかなかったのだ。一方、源九郎の切っ先は、渋江の右手の甲を浅く裂いていた。

「浅い!」

渋江が声を上げた。その声に苛立ったようなひびきがあった。

たしかに、傷は浅かった。だが、流れ落ちる血と疼痛が、渋江の平静さを乱したようだ。声の苛立ったようなひびきは、平静さを欠いたためである。

源九郎と渋江は、ふたたび相青眼で向き合った。今度は源九郎が気魄でまさっていた。渋江の気の乱れが、集中力を奪い、体に固さを生み、気攻めの威力を弱めたのだ。

つ、つ、と足裏を擦るようにして、源九郎が間をつめる。渋江は気魄に押されて、下がる。渋江が、五、六尺下がったときだった。後ろに引いた左足の踵が、転がっていた石に当たった。瞬間、渋江の腰がわずかに伸び、剣尖が浮いた。

この一瞬を源九郎は逃さなかった。鋭い気合とともに踏み込み、渋江の鍔元へ斬り下ろした。

間髪をいれず、渋江は右手に体をひらきながら、胴へ斬り込む。ふたつの閃光が十文字に交差し、ふたりの体がすれちがう。

源九郎の手に重い手応えが残り、渋江の右腕が薄い皮肉を残して截断《せつだん》された。

渋江の右手がだらりと垂れ下がり、斬口から筧《かけい》の水のように血が流れ落ちた。

「お、おのれ!」

渋江の顔がゆがみ、目をつりあげ、狂乱したように左手で刀を振り上げて斬りかかってきた。

源九郎はその斬撃をかわしながら、渋江の胴を薙《な》いだ。

グワッ、という呻き声を上げ、渋江は上体を前に折り、がっくりと片膝をついた。腹から臓腑が溢れている。栄吉が受けたのと同様な胴斬りだった。

渋江は左手で腹を押さえ、片膝をついたまま唸り声を上げた。

「華町の旦那……」

いつ来たのか、背後にお吟が立っていた。渋江を見つめた目がつり上がり、異様なひかりを放っている。紙のように蒼ざめ、鳥肌の立つような悽艶な顔をしていた。お吟は身を顫わせ、言葉を失ったままつっ立っていた。

「お吟、渋江に一太刀浴びせるか」

源九郎が訊いた。顔が、返り血を浴びてどす黒く染まっている。源九郎も、壮絶な顔をしていた。

お吟は、ちいさく首を横に振った。そして、つかつかと渋江の前に歩み寄ると、ふところから書状を取り出し、

「あたしが、お松から掏り取ってやったんだ」

ひき攣《つ》ったような声でそう言って、渋江の鼻先に書状を突き出した。

渋江はその書状を見たが、顔をゆがめただけだった。すでに顔は血の気を失い、吐く息は荒かった。

「お松は、常蔵の子分に殺されちまったからね」

お吟が、そう言ったときだった。

グラッ、と渋江の体が後ろにかしぎ、それを立て直そうとして頭を前に引いた。その勢いで渋江の体が前に倒れ、片手を伸ばしながらつっ伏した。渋江はしばらく四肢を動かし、呻き声を上げていたが、やがて静かになった。

「お吟、終わったな」

「旦那のお蔭で、おとっつァんの敵が討てたよ」

お吟は、つぶやくように言った。その顔からきつい表情が消えている。まるで憑《つ》き物が落ちたように、やさしい女の表情にもどっていた。

菅井と孫六も、源九郎のそばに来た。菅井も船岡を仕留めたらしく、頰と首筋が返り血に染まっていた。

「旦那、火は消しておきましたぜ」

孫六が、仕舞屋の方に首をまわして言った。

4

東の空がかすかに明らんでいたが、頭上には夜の星空が広がっていた。奥田屋敷は夜の帳《とばり》につつまれ、ひっそりと寝静まっている。

源九郎、菅井、茂次の三人が表門の前に立っていた。源九郎と菅井の顔には疲労の色が浮き、着衣は返り血を浴びてどす黒く染まっている。

ふたりは、渋江と船岡を斬った後、本郷の道場に立ち寄り、荒垣と小松を仕留めた。そのとき、疲労の色の濃い源九郎の顔を見て、

「旦那ァ、岩倉の方は明日にしたらどうです」

茂次がそう言ったが、

「いや、石川との約定がある。それに、明日になれば、岩倉は仲間が襲撃されたことに気付くはずだ」

そう言って、源九郎たちはここまで足を運んできたのだ。

源九郎は、くぐり戸をたたいた。すると、すぐに戸があいて石川が顔を出した。門のちかくで源九郎が来るのを待っていたようだ。

「どうした」

不安そうな顔で、石川が訊いた。

「手筈どおり、起請文と艶書は手に入れたし、渋江たち一味は片付けた。あとは、岩倉だけだ」

「か、かたじけない。……すぐに、岩倉を呼んでくる。おぬしたち、すこし身を隠していてくれ」

「分かった」

源九郎たちは、斜向かいにある旗本屋敷の築地塀の陰へ身を隠した。

しばらくすると、くぐり戸から石川が、つづいて岩倉が姿を見せた。ふたりは表門の前に立ち、何かを探すように周囲に目をくばっていたが、源九郎たちの姿を目にすると、急ぎ足でこっちへ歩いてきた。

源九郎たちも、築地塀の陰から通りへ出た。

「なんだ、華町どのではござらぬか。石川さまが、門の前に怪しい者がいるというので来てみたのだが……」

そこまで、言いかけて岩倉は言葉を呑んだ。顔に不審の色が浮き、おびえたように視線が揺れた。源九郎と菅井の着衣を染めたおびただしい血に気付いたようだ。しかも、菅井と茂次が、岩倉の退路を塞ぐように背後にまわったのだ。

「こ、これは、どうしたことでござる」

岩倉は声を震わせて質した。

「岩倉どの、これが問題の書状でござる。お松なる女掏摸が所持していたのをとりもどしましてな」

源九郎は静かだが、重いひびきのある声で言った。

「そ、それは、かたじけない……」

岩倉は蒼ざめた顔で後じさったが、背後の菅井の前で足をとめた。腰を後ろに引き、いつでも逃げ出せるような格好をしている。

「そのおり、お松といっしょにいた渋江も斬った。荒垣と小松もな」

「……！」

岩倉の顔から血の気が引き、晒したように白くなった。

「い、岩倉、なぜ、お仕えする奥田さまに対し、このようなことを」

石川が絞り出すように言った。顔が悲痛にゆがんでいる。

「い、石川さま、拙者、なにもしておりませぬ」

岩倉は唇を震わせて訴えた。

「岩倉、往生際が悪いぞ。おまえが、渋江たちと仕組んだことはすべて分かっているのだ」

石川がそう言うと、ふいに岩倉が、がっくりと両膝を地面についた。

「なぜ、奥田さまを裏切った」

「……」

岩倉は顔を伏せたまま身を顫わせていたが、ふいに顔を上げると、

「金さ。おれたちさんピンが、どんな暮らしをしているか知っているだろう。初めから主家に恩義など感じちゃァいねえ」

岩倉が粗暴な言葉で、吐き捨てるように言った。顔がいくぶん紅潮し、夜叉の

ような顔付きになった。追いつめられ、ひらきなおったようだ。

さんピンとは、安い俸給の武士を揶揄する称である。中間や身分の軽い侍や若党が、年に三両一人扶持の俸禄を受けていたことからきていた。

「許せぬ！　おまえだけは、許せぬ」

声を震わせながら、石川が刀の柄に手をかけた。

「ま、待て、金はいらぬし、屋敷も出る。見逃してくれ」

岩倉は哀願するような声で言って、立ち上がった。顔は恐怖にひき攣《つ》っていたが、目には追いつめられた獣のようなひかりがあった。

「ならぬ、腹を切れ、わしが介錯《かいしゃく》してやる」

石川が、そう叫んだときだった。

ふいに、岩倉が抜刀し、右手にいた石川に斬りかかった。その瞬間、岩倉の背後で、シャッという鞘走る音がし、閃光が疾《はし》った。

鈍い骨音がし、岩倉の首が前にかしいだ。首根から血が噴き、腰のあたりから砕けたように岩倉の体が沈み、その場に倒れた。

菅井が抜きつけの一刀で、背後から首を刎《は》ねたのだ。しばらく、岩倉の首根から血の噴出音が聞こえていたが、いっときすると静かになった。

「さんピンでも、武士だ。せめて、腹を切らせてやろう」

そう言って、石川が岩倉の半身を起こした。

喉皮を残して刎ねられた首が胸の前に垂れ、まだ首根から血が流れ出ていた。すでに、岩倉は絶命している。石川は己の小刀を岩倉の右手に握らせ、切っ先を腹に突き刺してやった。

「華町、すまんな」

石川が立ち上がって言った。

「岩倉の死骸《むくろ》はどうする」

「夜の明けぬ前に、中間を起こして屋敷内に運ぶ。己の悪行を恥じて、門前で腹を切ったということになろうか」

そう言って、石川は哀れむような目を死骸に落とした。

5

「旦那ァ、勝手に帰っちゃァいやですよ」

お吟は、甘えたような声で言い置くと、間仕切りのむこうで飲んでいる二人連れの大工の方へ顔を出した。

酒気を帯びてほんのりと染まったお吟の横顔を見ながら、源九郎は手酌でチビチビとやっている。

渋江たちを始末し、起請文と艶書をとりもどしてから一月ほど経っていた。お吟は長屋から浜乃屋にもどり、近所の吾助《ごすけ》という男に板場を頼んで、また店を始めた。吾助は還暦にちかい年寄りで寡黙な男だったが、長く料理屋の板場にいたとかで、料理の腕はよかった。

町木戸のしまる四ッ（午後十時）ちかかった。いっとき、店は客で埋まっていたが、いまは源九郎とふたり連れの大工しかいない。

しばらくすると、大工たちも立ち上がり、ふらつく足で店から出ていった。ふたりを送り出したお吟は、暖簾をしまい、

「ちょっと待っておくれよ。旦那は、あたしと、ゆっくりやるんだから……」

そう言って、大工のいた席から酒器や皿などを手にしていったん板場へひっ込んだが、すぐにもどってきて源九郎の脇に腰を下ろした。

「まったく、長っ尻の客なんだからさ」

お吟は不平を言ったが、顔には満足そうな笑みがあった。再開した店が繁盛しているので、やりがいがあるのかもしれない。

「お吟も、すこしどうだ」

源九郎は銚子をとった。

「今夜は、旦那が来てくれたから、あたしも飲む」

そう言って、お吟は猪口《ちょく》を手にした。

お吟が浜乃屋にもどってから、源九郎が顔を出すのは二度目だった。もっと来たかったのだが、近所の目もあるし、ふところの心配もあったのだ。

「ねえ、旦那、頼まれた仕事の片はついたんでしょう」

猪口の酒を飲み干したお吟は源九郎ににじり寄り、顎の下から見上げるようにして訊いた。

源九郎はお吟に、石川から頼まれた揉め事の始末がついていないと言って、一度しか店に顔を出さなかったのである。

お吟のいうように、事件の片はついていた。町方はお松がふたつ名で呼ばれている女掏摸であることを知っていて、常蔵殺しとつなげたらしい。そして、お松、渋江、船岡の三人は、常蔵の手下の恨みを買って殺されたとみたようである。

利根吉や常蔵の手下の行方は知れなかった。ほとぼりが覚めるまで、どこかに身をひそめているのか、それとも江戸から逃走してしまったのか……。

一方、本郷の道場で殺された荒垣と小松は、堀山家の内済として処理されていた。いちはやく事情を察知した堀山家は、町方より早くふたりの死骸を引き取り、真剣で立ち合って敗れたことにしたらしいのである。むろん奥田家でも、岩倉の死は、悪行を恥じての切腹ということで処理されていた。

また、石川によると、堀山には、幕府から特別な沙汰はなかったようだ。ただ、奥田兵部之介と内藤の娘との婚儀は予定どおり来春におこなわれるという。堀山には、奥田が内藤の庇護を受けるようになれば、出世争いで大きく水をあけられることになるのだろう。

源九郎にとって、奥田や堀山のことはどうでもよかった。栄吉の敵を討って事件が片付き、お吟が栄吉の死の悲しみを乗り越えて浜乃屋を切り盛りしていってくれることが望みだった。

ふたりで飲み始め、いっときすると、板場にいた吾助が顔を出し、

「あっしは、これで」

と言って、店から出ていった。板場の片付けが済んだらしい。すこし猫背の吾助の後ろ姿が見えなくなると、

「後は旦那と、ふたりっきり」

お吟は鼻にかかったような声でそう言って、肩先を源九郎の胸にあずけてきた。酒気を帯びた首筋や襟元の肌が、ほんのりと朱に染まり、なまめかしい女の匂いがした。源九郎は、柄にもなく狼狽し胸が高鳴った。

「お、お吟……」

源九郎の声が、喉につまった。

「なァに」

お吟は、猫のように目を細めて源九郎を見つめた。

「と、歳がな。わしとおまえの歳がな」

源九郎は、しどろもどろしながら言った。

「歳がどうしたの」

「あまりにかけ離れておる。……そ、その、お吟はわしの倅より年下なのだ」

源九郎は長屋でお吟を抱いたことを悔いていた。その後、お吟はわしのような年寄りにかかわってはならぬのだと、己に言い聞かせているのだが、まだ男の性《さが》が残っているらしく、こうやって鼻の下を長くして足を運んでくる始末なのだ。

「歳なんてどうでもいい。あたしが、旦那を好きなんだから」

そう言うと、お吟は向き直って、源九郎に抱きついてきた。

源九郎はためらいながらも、お吟の背に手をまわして抱き寄せた。お吟の荒い吐息が首筋をくすぐり、やわらかな体が源九郎の腕のなかで弾むように波打っている。

すぐに、源九郎の体のなかを熱い血が駆けめぐり出し、奮い立つように全身に活力がみなぎる。

……わしだって、まだ老け込む歳じゃァないぞ。

そう胸の内でつぶやき、お吟を抱いた腕に力を込めた。

すると、お吟も負けまいとするように熱い体を源九郎の胸に押しつけてきた。

双葉文庫

と-12-02

はぐれ長屋《ながや》の用心棒《ようじんぼう》
袖返《そでがえ》し

2004年6月20日　第 1 刷発行
2019年12月4日　第30刷発行

【著者】
鳥羽亮《とばりょう》

【発行者】
箕浦克史
【発行所】
株式会社双葉社
〒162-8540 東京都新宿区東五軒町3番28号
[電話] 03-5261-4818(営業)　03-5261-4833(編集)
www.futabasha.co.jp
(双葉社の書籍・コミックが買えます)
【印刷所】
株式会社新藤慶昌堂
【製本所】
株式会社若林製本工場

【表紙・扉絵】南伸坊
【フォーマット・デザイン】日下潤一
【フォーマットデジタル印字】飯塚隆士

ISBN4-575-66173-2 C0193
Printed in Japan